# O CHAMADO SELVAGEM

JACK LONDON

# O CHAMADO SELVAGEM

Tradução

Fábio Meneses Santos

Esta é uma publicação Principis, selo exclusivo da Ciranda Cultural


Traduzido do original em inglês
*The call of the wild*

Texto
Jack London

Tradução
Fábio Meneses Santos

Revisão
Renata Daou Paiva

Produção editorial
Ciranda Cultural

Diagramação
Linea Editora

Design de capa
Ciranda Cultural

Imagens
Aliaksei_Z/Shutterstock.com;
chizhik_pizhik/Shutterstock.com;
VVadi4ka/Shutterstock.com

**Dados Internacionais de Catalogação na Publicação (CIP) de acordo com ISBD**

L847c London, Jack

O chamado selvagem / Jack London ; traduzido por Fábio Meneses Santos. - Jandira : Principis, 2021.
96 p. : 15,5cm x 22,6cm. - (Clássicos da literatura mundial)

Tradução de: The call of the wild
ISBN: 978-65-5552-433-8

1.Literatura americana. I. Meneses, Fábio. II. Título. III. Série.

CDD 810
2021-1242 CDU 821.111(73)

**Elaborado por Vagner Rodolfo da Silva - CRB-8/9410**

**Índice para catálogo sistemático:**
1.Literatura americana 810
2.Literatura americana 821.111(73)

1ª edição em 2021
www.cirandacultural.com.br

# Sumário

# Em terras primitivas

*Desejos nômades, um salto para a liberdade,*
*Das correias da lida, profundas marcas;*
*E novamente, de um sono de bruma,*
*Desperta a ferocidade ancestral.*

Buck não lia os jornais, ou ele saberia que as confusões estavam fermentando, não só para ele, mas para todos os cães de músculos fortes e pelos longos e quentes da região costeira, de Puget Sound a San Diego. Porque os homens, tateando na escuridão do Ártico, haviam encontrado um metal amarelo, e como as companhias de transporte marítimo a vapor estavam divulgando essa descoberta, milhares de homens correram para as terras do Norte. Esses homens precisavam de cães, e os animais que buscavam eram os maiores da espécie, com músculos fortes para trabalhar e casacos peludos para protegê-los do gelo.

Buck morava em uma casa grande no ensolarado Vale de Santa Clara. O lugar era conhecido como a casa do juiz Miller. Ficava afastado da estrada, meio escondido entre as árvores, pelas quais se podiam ver partes da ampla varanda fresca que circundava os quatro lados da construção. O acesso para a casa era feito por caminhos de cascalho que serpenteavam entre os gramados extensos e sob os ramos entrelaçados dos álamos altos. Atrás da casa, as coisas eram ainda mais espaçosas do que na frente. Havia grandes estábulos, onde uma dúzia de cavalariços e rapazes serviam, fileiras de cabanas de trabalhadores forradas de videiras, uma linha interminável e organizada de edificações externas, longas carreiras de parreiras, pastos verdes, pomares e canteiros de frutas silvestres. Depois, havia a usina de bombeamento para o poço artesiano e o grande tanque de cimento, onde os meninos do juiz Miller davam o mergulho matinal e se refrescavam nas tardes mais quentes.

E sobre esse grande domínio, Buck reinava. Aqui ele nasceu e aqui viveu os quatro anos de sua vida. É verdade, havia outros cães. Não podia deixar de haver outros cães em um lugar tão amplo, mas eles não contavam. Eles iam e vinham, moravam nos canis populosos ou viviam obscuramente nos intervalos entre as casas como faziam Toots, o pug japonês, ou Ysabel, a mexicana sem pelos, criaturas estranhas que raramente colocavam o nariz fora de casa ou os pés na terra. Por outro lado, havia os fox terriers, pelo menos uns vinte deles, que gritavam ameaçadoramente para Toots e Ysabel, que olhavam assustados para eles através das janelas e eram protegidos por uma legião de criadas armadas com vassouras e esfregões.

Mas Buck não era um cão doméstico nem um cão de canil. Todo o reino era dele. Ele mergulhava no tanque de natação ou ia caçar com os filhos do juiz; acompanhava Mollie e Alice, as filhas do juiz, em longas caminhadas ao crepúsculo ou pelas manhãs; nas noites de inverno, ele se deitava aos pés do juiz diante da lareira que crepitava na biblioteca; carregava os netos do juiz nas costas ou rolava com eles na grama e protegia seus passos em aventuras selvagens até a fonte no pátio do estábulo e, mais além, onde ficavam os piquetes e os canteiros de frutas vermelhas. Entre os terriers, ele os perseguia imperiosamente, e Toots e Ysabel, Buck ignorava totalmente, pois ele era o rei, dominando todas as coisas furtivas, rastejantes e voadoras da casa do Juiz Miller, incluindo os humanos.

Seu pai, Elmo, um enorme são-bernardo, tinha sido o companheiro inseparável do juiz, e Buck decidiu seguir os caminhos do pai. Ele não era tão grande, pesava apenas sessenta e quatro quilos, porque sua mãe, Shep, era uma cadela pastor escocesa. No entanto, sessenta e quatro quilos, aos quais foi adicionada a dignidade que vinha de uma boa vida e do respeito universal, permitiram que ele se portasse como um membro da realeza. Durante os quatro anos desde sua infância, ele viveu a vida de um aristocrata satisfeito; tinha um grande orgulho de si mesmo, era até um pouco egoísta, como os cavalheiros do campo às vezes se tornam, por causa de sua situação de isolamento. Mas ele conseguiu se salvar por não ter se transformado em um cão doméstico e mimado qualquer. A caça e as delícias da vida ao ar livre o ajudaram a manter sua taxa de gordura baixa e seus músculos fortalecidos; e para ele, apesar das corridas para fugir dos banhos gelados de mangueira, o amor pela água era um tônico que preservava a sua saúde.

E assim era o cão Buck no outono de 1897, quando a conquista de Klondike arrastou homens de todo o mundo para o Norte gelado. Mas Buck não lia os jornais e não sabia que Manuel, um dos ajudantes do jardineiro, era uma companhia perigosa. Manuel tinha um pecado recorrente. Ele adorava apostar na loteria chinesa. Além disso, em seu vício em jogos, ele tinha uma fraqueza persistente: a fé em um método, que garantiria sua vitória; e isso tornava sua derrota praticamente certa. Pois jogar através de uma sistemática requer dinheiro, enquanto o salário de um ajudante de jardineiro não cobria nem as necessidades de sua esposa e de uma prole numerosa.

O juiz estava ausente para uma reunião da Associação de Vinicultores e os meninos estavam ocupados organizando um torneio de atletismo, na noite memorável da traição de Manuel. Ninguém o viu sair com Buck pelo pomar, para o que Buck imaginava ser apenas um passeio. E com exceção de um homem solitário, ninguém os viu chegar à pequena estação férrea de bandeira[1] conhecida como College Park. Esse homem falou com Manuel e algum dinheiro foi negociado entre eles.

– Você pode embrulhar a mercadoria antes de entregá-la – disse o estranho rispidamente, e Manuel passou um pedaço de corda forte em volta do pescoço de Buck, sob a coleira.

[1] Do original inglês *"flag station"*, estação de trem remota e com pouco movimento, onde as composições só paravam quando havia uma bandeira erguida pelo chefe da estação. (N.T.)

– Torça a corda e você conseguirá enforcar o suficiente –, disse Manuel, e o estranho resmungou uma resposta pronta.

Buck aceitou a corda com uma dignidade silenciosa. Sem dúvida, esse era um procedimento incomum: mas aprendera a confiar nos humanos que conhecia e a dar-lhes crédito por uma sabedoria ancestral, que ultrapassava a sua própria. Mas quando a ponta da corda foi colocada nas mãos do estranho, rosnou ameaçadoramente. Ele estava apenas insinuando seu desagrado, em seu orgulho, crendo que intimidar era comandar. Mas, para sua surpresa, a corda se apertou em volta do pescoço, interrompendo sua respiração. Em um acesso de raiva, ele saltou sobre o homem, que o interceptou no meio do caminho, agarrou-o bem perto pelo pescoço e com um giro rápido o jogou de costas. Então, a corda se apertou impiedosamente, enquanto Buck lutava furiosamente, a língua saindo da boca e o grande peito ofegando inutilmente. Nunca em toda sua vida tinha sido tratado com tamanha crueldade, e nunca tinha ficado tão zangado. Mas suas forças diminuíram, seus olhos ficaram vidrados e ele não via mais nada quando sinalizaram para o trem e os dois homens o jogaram no vagão de bagagem.

Quando voltou à consciência, teve uma vaga noção de que sua língua doía e que estava sendo levado por algum tipo de meio de transporte. O guincho rouco de uma locomotiva assobiando em um cruzamento disse-lhe onde estava. Buck tinha viajado muitas vezes com o juiz para não saber a sensação de andar em um vagão de bagagem. Ele abriu os olhos e neles brotou a raiva descontrolada de um rei sequestrado. O homem saltou para sua garganta, mas Buck foi ainda mais rápido. Suas mandíbulas se fecharam na mão, e não relaxaram, até que seus sentidos foram sufocados mais uma vez.

– Pois é, ele sofre de alguns ataques de nervos – disse o homem, escondendo a mão lacerada do cuidador das bagagens, que tinha sido atraído pelo barulho da luta. – Eu o estou levando a pedido do chefe para Frisco[2]. Um veterinário que é um craque, acredita que poderá curá-lo.

Sobre a viagem daquela noite, o homem falou eloquentemente por si mesmo, em um pequeno galpão nos fundos de um bar na orla marítima de São Francisco.

---

[2] Abreviação para a cidade de São Francisco, na Califórnia (N.T.).

– Tudo o que recebo são cinquenta por isso? – ele resmungou –, e eu não o faria de novo nem por mil dólares em dinheiro vivo.

Sua mão estava enrolada em um lenço ensanguentado, e a perna direita da calça estava rasgada do joelho ao tornozelo.

– Quanto aquele outro otário conseguiu? – o dono do bar perguntou.

– Cem – foi a resposta. – Não levarei nem um tostão a menos, então me ajude.

– Isso dá cento e cinquenta – calculou o dono do bar –, e tomara que valha a pena, ou eu me sentiria um trouxa.

O sequestrador desfez as ataduras ensanguentadas e olhou para a mão dilacerada:

– Se eu não pegar a tal da raiva dessa vez…

– Com certeza é porque seu destino será a forca – riu o dono do bar. – Aqui, me dê uma ajuda antes de arrastar a sua carga para fora –, acrescentou.

Atordoado, sofrendo uma dor insuportável na garganta e na língua, com a vida meio estrangulada para fora dele, Buck tentou enfrentar seus algozes. Mas foi jogado ao chão e sufocado várias vezes, até que eles conseguiram limar a pesada coleira de latão de seu pescoço. Em seguida, a corda foi removida e ele, jogado em uma caixa semelhante a uma gaiola.

Lá ele ficou pelo resto da noite cansativa, alimentando sua ira e seu orgulho ferido. Ele não conseguia entender o que tudo aquilo significava. O que queriam com ele, esses homens estranhos? Por que o estavam mantendo trancado neste caixote apertado? Ele não sabia o porquê, mas se sentia oprimido pela vaga sensação de calamidade iminente. Várias vezes durante a noite, levantou-se de um salto quando a porta do galpão se abriu, esperando ver o juiz, ou pelo menos os meninos. Mas todas as vezes era o rosto protuberante do dono do bar que o espiava sob a luz débil de uma vela de sebo. E a cada vez o latido alegre que se ensaiava na garganta de Buck se transformava em um rosnado selvagem.

Mas o dono do bar o deixou em paz e pela manhã quatro homens entraram e pegaram o caixote. Mais algozes, imaginou Buck, pois eram criaturas de uma aparência maligna, esfarrapadas e malcuidadas; e ele atacou e enfureceu-se com eles através das grades. Os homens apenas riram e o cutucaram com pedaços de pau, ao que ele prontamente reagiu com os dentes até perceber que era isso que eles queriam. Depois, se deitou taciturno e permitiu que o caixote fosse colocado em uma carroça. Então ele e a caixa em que estava preso começaram uma passagem por muitas mãos. Funcionários do escritório de despachos se encarregaram dele; e foi carregado em outra carroça; um caminhão o levou, com uma variedade de caixas e pacotes, para o porão de um navio a vapor; depois foi transportado de caminhão do navio para um grande depósito ferroviário e, finalmente, foi colocado em um trem expresso.

Por dois dias e duas noites, esse trem expresso foi arrastado atrás de locomotivas barulhentas; e por dois dias e duas noites Buck não comeu nem bebeu. Em sua raiva, enfrentou os primeiros avanços dos mensageiros do expresso com rosnados, e eles retaliaram provocando-o. Quando Buck se jogava contra as barras, tremendo e espumando, eles riam dele e o insultavam. Rosnavam e latiam como cães odiosos, miavam, batiam os braços e cantavam. Era tudo muito idiota, ele sabia; mas, por isso mesmo, quanto maior o ultraje à sua dignidade, maior a sua raiva. Ele não se importava tanto com a fome, mas a falta de água lhe causava grande sofrimento e aumentava sua ira até o limite. Por falar nisso, temperamental e muito sensível, os maus tratos o haviam lançado em uma febre alta, alimentada pela inflamação de sua garganta e língua ressecadas e inchadas.

Ele estava feliz por uma coisa: a corda estava fora de seu pescoço. Isso dava aos mensageiros uma vantagem injusta; mas agora que Buck estava desamarrado, eles iriam provar do seu valor. Jamais colocariam outra corda em seu pescoço. Sobre isso ele estava decidido. Por dois dias e duas noites não comeu nem bebeu e, durante aqueles dois dias e noites de tormento, acumulou uma base de ódio que seria um mau presságio para quem quer que aparecesse primeiro diante dele. Seus olhos ficaram injetados e se metamorfoseou em um demônio furioso. Ele estava tão transformado que o próprio juiz não o teria reconhecido; e os mensageiros respiraram aliviados quando o desembarcaram do trem em Seattle.

Quatro homens carregaram cautelosamente a caixa da carroça para um pequeno quintal com muros altos. Um homem robusto, com um suéter vermelho que caía generosamente no pescoço, saiu e assinou o recibo para o motorista. Aquele era o homem, Buck adivinhou, o próximo atormentador, e ele se atirou violentamente contra as grades. O homem sorriu secamente e trouxe uma machadinha e um porrete.

– Você não vai deixá-lo sair agora? – perguntou o motorista.

– Claro –, respondeu o homem, enfiando a machadinha na caixa para ser usada como alavanca.

Houve uma correria instantânea dos quatro homens que o carregaram e, de tábuas seguras no alto da parede e, de aquibancadas, eles se prepararam para assistir ao espetáculo.

Buck avançou sobre as lascas de madeira, cravando os dentes nelas, forçando e lutando para sair. Onde quer que a machadinha batesse do lado de fora, ele estava lá do lado de dentro, raivoso e rosnando, tão furioso para sair quanto o homem de suéter vermelho estava calmo e decidido a tirá-lo de lá.

– Muito bem, seu demônio de olhos vermelhos – disse ele, depois de fazer uma abertura suficiente para a passagem do corpo de Buck. Ao mesmo tempo, ele largou a machadinha e passou o porrete para a mão direita.

E Buck era realmente um demônio de olhos vermelhos, enquanto se recompunha para o ataque, pelos eriçados, boca espumando, um brilho louco nos olhos injetados de sangue. Direto sobre aquele homem, ele lançou seus mais de sessenta quilos de fúria, sobrecarregados com a raiva contida de dois dias e duas noites. Em pleno ar, quando suas mandíbulas estavam prestes a se fechar sobre o homem, recebeu um choque que fez seu corpo parar e cerrar os dentes com uma mordida agonizante. Ele se virou, apoiado no chão de costas e de lado. Ele nunca havia sido atingido por um porrete em sua vida e não entendeu o que tinha acontecido. Com um rosnado, que era parte um latido e mais um ganido, levantou-se novamente e se lançou no ar. E novamente o choque veio e ele foi jogado esmagadoramente no chão. Desta vez estava ciente de que foi outra vez o porrete, mas sua loucura não conhecia prudência. Uma dúzia de vezes atacou, e a cada vez o porrete interceptava o ataque e o tirava do combate.

Depois de um golpe particularmente violento, se levantou, tonto demais para avançar. Ele cambaleou sem controle, o sangue escorrendo do nariz, da boca e das orelhas, seu belo casaco de pelos salpicado e manchado de baba ensanguentada. Então o homem avançou e deliberadamente deu-lhe um soco terrível no focinho. Toda a dor que suportara não era nada comparada à agonia requintada dessa ação. Com um rugido que parecia o de um leão em sua ferocidade, ele novamente se atirou contra o homem. Mas o homem, mudando o porrete da direita para a esquerda, friamente o pegou pela mandíbula, ao mesmo tempo puxando para baixo e para trás. O corpo de Buck desenhou um círculo completo no ar, e metade de um outro, e então caiu no chão com a cabeça e o peito.

Pela última vez, ele se levantou. O homem desferiu o golpe definitivo que havia guardado de propósito esse tempo todo, e Buck se encolheu e caiu, totalmente inconsciente.

– Esse não brinca em serviço quando precisa domar um cão –, gritou um dos homens da arquibancada com entusiasmo.

– Eu preferia domar cavalos selvagens todos os dias, e dois aos domingos –, foi a resposta do cocheiro, enquanto subia na carroça e partia com os cavalos.

Os sentidos de Buck voltaram, mas não sua força. Ele ficou deitado onde havia caído e, de lá, observou o homem de suéter vermelho.

– Ele atende pelo nome de Buck –, disse o homem em solilóquio, citando a carta do dono do bar que anunciava a entrega da caixa e do conteúdo. – Buck, meu caro – ele continuou com uma voz cordial –, tivemos nosso probleminha inicial, e a melhor coisa a fazer é deixar isso para lá. Você aprendeu o seu lugar e eu impus o meu. Seja um bom cachorro e tudo correrá bem e o jogo segue em paz. Seja um cachorro mau, e eu vou tirar todos esses péssimos modos de você. Entendeu?

Enquanto falava, ele acariciou destemidamente a cabeça em que havia batido tão impiedosamente e, embora o pelo de Buck se arrepiasse involuntariamente ao toque daquela mão, aguentou sem protestar. Quando o homem trouxe água, bebeu com avidez e depois devorou uma generosa porção de carne crua, pedaço por pedaço, da mão dele.

Ele foi espancado (e sabia disso); mas não estava derrotado. Ele viu, de uma vez por todas, que não tinha chance contra um homem com um porrete. Tinha aprendido a lição e, em toda a sua vida e até após a morte, nunca a esqueceu. Esse porrete tinha sido uma revelação. Aquela foi sua introdução ao reino da lei primitiva, e ele teve a introdução antes do meio do caminho. Os fatos da vida assumiram um aspecto mais feroz; e mesmo enfrentando esse aspecto corajosamente, o encarou com toda a astúcia latente de sua natureza canina. Com o passar dos dias, outros cães vieram, em gaiolas e amarrados com cordas, alguns docilmente, e outros furiosos e rugindo como ele tinha vindo; e, todos, ele os observava passar sob o comando do homem de suéter vermelho. Repetidamente, conforme ele assistia a cada apresentação brutal, a lição era transmitida de novo para Buck: um homem com um porrete era um legislador, um mestre a ser obedecido, embora não necessariamente conciliado. Desse último, Buck nunca pôde ser acusado, embora tenha visto cães espancados que bajulavam o homem, abanavam o rabo e lambiam sua mão. Também viu um cachorro, que não se conciliava nem obedecia, finalmente morto na luta pelo comando.

De vez em quando vinham homens, estranhos, que falavam com entusiasmo, lisonja e em todos os tipos de sotaque com o homem de suéter vermelho. E nessas ocasiões, em que o dinheiro era trocado entre eles, os estranhos levavam consigo um ou mais cães. Buck se perguntava para onde eles iam, pois nunca mais voltavam; mas o medo do futuro era forte nele, e ficava feliz cada vez que não era escolhido.

No entanto, sua hora chegou, afinal, na forma de um homenzinho enrugado que cuspiu um inglês mal-acabado e muitas exclamações estranhas e grosseiras que Buck não conseguiu entender.

– Santa maldição! – ele gritou, quando seus olhos pousaram em Buck. – Tá ali um cachorro valentão, hein? Quanto eu pago por ele?

– Trezentos, e considere esse valor como um presente –, foi a resposta imediata do homem de suéter vermelho. – E parece que é dinheiro do governo, você não vai querer espernear, hein, Perrault?

Perrault sorriu. Considerando que o preço dos cães havia disparado pela demanda incomum, não era uma quantia injusta para um animal tão bom. O governo canadense não estaria perdendo dinheiro, nem suas encomendas viajariam mais devagar. Perrault conhecia cães e, quando olhou para Buck, sabia que era um em mil... "Um em dez mil", comentou mentalmente.

Buck viu o dinheiro passar entre eles e não se surpreendeu quando Curly, uma cadela terra-nova bem-humorada, e ele foram levados pelo homenzinho enrugado. Essa foi a última vez que viu o homem de suéter vermelho, e quando Curly e ele olharam para Seattle afastando-se do convés do *Narwhal*, foi a última vez que viu o calor das terras do Sul. Curly e ele foram levados para o porão por Perrault e entregues a um gigante de cara negra chamado François. Perrault era franco-canadense e de pele mais escura; mas François era um trigueiro franco-canadense, duas vezes mais escuro do que ele. Eles eram uma nova espécie de homem para Buck (dos quais ele estava destinado a ver muitos mais) e, embora não desenvolvesse nenhuma afeição por eles, passou a respeitá-los honestamente. Aprendeu rápido que Perrault e François eram homens justos, calmos e imparciais na administração da justiça, e muito sábios na lida com os cães para serem enganados.

No convés inferior e superior do *Narwhal*, Buck e Curly se juntaram a dois outros cães. Um deles era um companheiro de Spitzbergen, grande e branco como a neve, que havia sido trazido por um capitão baleeiro e que mais tarde acompanhou uma pesquisa geológica até Barrens. Ele era amigável, de um jeito traiçoeiro, sorrindo pela frente enquanto meditava em algum truque secreto pelas costas, como, por exemplo, quando roubou a comida de Buck, logo na sua primeira refeição. Quando Buck saltou para puni-lo, o chicote de François cantou no ar, atingindo o culpado primeiro; e nada restava a Buck, a não ser roer o osso que sobrou. "Isso era justo da parte de François", ele decidiu, e aquele homem subiu no conceito de Buck.

O outro cão não avançou nem se recolheu; nem tentou roubar dos recém-chegados. Ele era um sujeito sombrio e taciturno e mostrou a Curly claramente que tudo o que desejava era ser deixado em paz e, além disso, que haveria problemas se ele não tivesse êxito nisso. Era chamado de Dave e comia e dormia, ou bocejava nos intervalos, e não se interessava por nada, nem mesmo quando o *Narwhal* cruzou o estreito da Rainha Carlota e rolou e se lançou e resistiu como se estivesse possuído. Quando

Buck e Curly ficaram agitados, meio enlouquecidos de medo, ele ergueu a cabeça como se estivesse aborrecido, lançou um olhar indiferente, bocejou e voltou a dormir.

Dia e noite, o navio palpitava ao incansável pulso da hélice e, embora um dia fosse muito parecido com o outro, era evidente para Buck que o clima se tornava cada vez mais frio. Por fim, em uma manhã, a hélice estava quieta e o *Narwhal*, impregnado de uma atmosfera de excitação. Ele sentiu isso, assim como os outros cães, e sabia que uma mudança estava para acontecer. François colocou suas coleiras e os trouxe para o convés. No primeiro passo na superfície fria, os pés de Buck afundaram em algo branco e macio, muito parecido com lama. Ele saltou para trás com um espirro. Mais dessa coisa branca estava caindo no ar. Ele se sacudiu, e mais daquilo caiu sobre ele. Ele cheirou com curiosidade, depois lambeu um pouco. Ardia como fogo, e no instante seguinte sumia. Aquilo o intrigou. Ele tentou novamente, com o mesmo resultado. Os espectadores riram ruidosamente e ele se sentiu envergonhado, sem saber por que, pois era sua primeira experiência com a neve.

# A Lei do Porrete e das Presas

O primeiro dia de Buck na praia de Dyea foi um pesadelo. Cada minuto foi preenchido com choque e surpresa. Ele havia sido repentinamente arrancado do coração da civilização e lançado no coração da vida primitiva. Essa não era uma vida preguiçosa e ensolarada, sem nada para fazer a não ser vadiar e se entediar. Aqui não havia paz, nem descanso, nem um instante de segurança. Tudo era confusão e ação, e a cada momento a vida estava em risco. Havia um imperativo constante de alerta; pois esses cães e homens não eram como os da cidade. Eles eram selvagens, todos eles, que não conheciam nenhuma lei além da lei do porrete e das presas.

Ele nunca tinha visto cães lutarem como essas criaturas lupinas lutavam, e sua primeira experiência lhe ensinou uma lição inesquecível. É verdade, foi uma experiência aprendida pela dor alheia, do contrário ele não teria vivido para aprender com ela. Curly foi a vítima. Eles estavam acampados perto do armazém de toras, onde ela, com seu jeito amigável, avançou em direção a um cão husky do tamanho de um lobo adulto, embora não fosse tão grande quanto ela. Não houve nenhum aviso, apenas um salto como um flash, um bater metálico de dentes, um ataque igualmente rápido, e o rosto de Curly foi rasgado do olho à mandíbula.

Era o modo de um lobo lutar, atacar e fugir para longe; mas havia mais do que isso. Trinta ou quarenta huskies correram para o local e cercaram os combatentes em um círculo atento e silencioso. Buck não compreendia aquela ação silenciosa, nem o jeito ansioso com que lambiam os beiços. Curly avançou contra seu antagonista, que atacou novamente e saltou para o lado. Ele barrou seu ataque seguinte com o peito, de uma forma peculiar que a fez cair no chão. Ela não se recuperou. Isso era o que os huskies ao redor esperavam. Eles se aproximaram dela, rosnando e uivando, e ela foi cercada, gritando em agonia, sob a massa agitada de corpos.

Foi tão repentino e inesperado que Buck foi pego de surpresa. Ele viu Spitz mostrar sua língua escarlate de um jeito que parecia sorrir; e ele viu François, brandindo um machado, saltar para a confusão de cães. Três homens com porretes o ajudaram a dispersá-los. Não demorou muito. Dois minutos depois que Curly havia caído, o último de seus agressores foi dispersado a porretadas. Mas ela ficou ali, mole e sem vida na neve ensanguentada e pisoteada, quase literalmente despedaçada, o homem negro de pé sobre ela praguejando horrivelmente. A cena frequentemente voltava à cabeça de Buck para perturbá-lo durante o sono. Então era assim que funcionava. Nada de *fair play*. Uma vez caído no chão, era o fim. Bom, ele cuidaria para nunca cair. Spitz pôs a língua para fora e riu de novo, e a partir daquele momento Buck o odiou amarga e eternamente.

Antes de se recuperar do choque causado pela morte trágica de Curly, ele recebeu outro choque. François prendeu nele um arranjo de tiras e fivelas. Era um arreio, como ele vira os cavalariços colocarem nos cavalos na casa do juiz. E como ele já tinha visto os cavalos trabalharem, começou a sua jornada, puxando François em um trenó para a floresta que margeava o vale e retornando com um carregamento de lenha. Embora sua dignidade estivesse gravemente ferida por ter sido transformado em um animal de tração, ele era sábio demais para se rebelar. E se resignou com toda a força de vontade e deu o melhor de si, embora tudo fosse novo e estranho. François era severo, exigindo obediência instantânea e, pela virtude de seu chicote, recebia essa obediência instantânea; enquanto Dave, um motorista experiente, estalava nos quartos traseiros de Buck sempre que ele errava. Spitz era o líder, também experiente e, embora nem sempre conseguisse atingir Buck, rosnava uma reprimenda severa de vez em quando, ou astutamente jogava seu peso nas pegadas para empurrar Buck para o caminho que deveria seguir. Buck aprendeu facilmente e, sob a orientação combinada de seus dois companheiros e de François, fez um progresso notável. Antes de voltarem ao acampamento, sabia o suficiente para parar com um "ho", seguir em frente com um "mush", virar com folga nas curvas e se manter afastado das lâminas quando o trenó carregado disparava morro abaixo em seus calcanhares.

– Três cachorros muito bons –, François disse a Perrault. – Esse Buck, puxa pra diabo. Nunca ensinei um tão rápido.

À tarde, Perrault, com pressa de estar na trilha com seus despachos, voltou com mais dois cães. Ele os chamava de Billee e Joe, dois irmãos, huskies legítimos. Embora fossem filhos da mesma mãe, eram tão diferentes como o dia e a noite. O único defeito de Billee era sua natureza excessivamente boa, enquanto Joe era o oposto, azedo e introspectivo, com um rosnado perpétuo e um olhar maligno. Buck os recebeu como camaradas, Dave os ignorou, enquanto Spitz começou a bater primeiro em um e depois no outro. Billee abanou o rabo acalmando os ânimos, virou-se para correr quando viu que não adiantava nada e chorou (ainda tentando apaziguar) quando os dentes afiados de Spitz acertaram seu flanco. Mas não importa o quanto Spitz o cercava, Joe girou nos calcanhares para encará-lo, pelo arrepiado, orelhas para trás, lábios se contorcendo e rosnando, mandíbulas se fechando o mais rápido que podia e olhos brilhando diabolicamente, a encarnação do perigo, pronto para a briga. Tão terrível era sua aparência que Spitz foi forçado a desistir de educá-lo; mas, para encobrir seu próprio desconforto, ele se voltou contra o inofensivo e lamurioso Billee e o conduziu para os confins do acampamento.

Ao anoitecer, Perrault prendeu outro cão, um velho husky, longo, magro e ossudo, com o rosto marcado por cicatrizes de luta e um único olho, que emitia um aviso de habilidade que merecia respeito. Ele foi chamado de Sol-leks, que significa o Zangado. Como Dave, ele não pedia nada, não dava nada, não esperava nada; e quando marchou lenta e deliberadamente até o meio deles, até mesmo Spitz o deixou em paz. Ele tinha uma peculiaridade que Buck teve o azar de descobrir. Não gostava que se aproximassem pelo seu lado cego. Buck foi involuntariamente culpado dessa ofensa, e a primeira vez que soube de sua indiscrição foi quando Sol-leks se lançou sobre ele e deu-lhe uma mordida no ombro até aparecer o osso, sete centímetros para cima e para baixo. Depois disso, Buck evitou seu lado cego e, até o fim, sua camaradagem não encontrou mais problemas. Aparentemente, sua única ambição, como a de Dave, era ser deixado em paz; embora, como Buck aprenderia mais tarde, cada um deles possuía um ao outro e uma ambição ainda mais vital.

Naquela noite, Buck enfrentou o grande problema de encontrar um lugar para dormir. A tenda, iluminada por uma vela, brilhava calorosamente no meio da planície branca; e quando ele, naturalmente, entrou nela, tanto Perrault quanto François o bombardearam com maldições e utensílios de cozinha, até que ele se recuperou de sua consternação e fugiu vergonhosamente para o frio no exterior. Um vento gélido soprava e o beliscava com força e o mordia maldosamente, em especial o ferimento em seu ombro. Ele se deitou na neve e tentou dormir, mas o gelo logo o fez tremer dos pés à cabeça. Infeliz e desconsolado, vagou entre as muitas tendas, até descobrir que um lugar era mais frio que o outro. Aqui e ali, cães selvagens avançavam nele, mas ele arrepiou os pelos do pescoço e rosnou (pois estava aprendendo rápido), e eles o deixaram seguir seu caminho sem ser incomodado.

Finalmente, teve uma ideia. Voltaria até a barraca e veria como seus próprios companheiros de equipe estavam se arranjando. Para sua surpresa, eles haviam desaparecido. Novamente vagou pelo acampamento enorme, procurando por eles, e novamente voltou. Será que estavam na tenda? Não, não podia ser, ou ele mesmo não teria sido expulso. Então, onde estavam? Com a cauda caída e o corpo trêmulo, muito aflito, ele circulou a tenda inutilmente. De repente, a neve cedeu sob suas patas dianteiras e ele afundou. Algo se contorceu sob seus pés. Ele saltou para trás, arrepiado e rosnando, com medo do invisível e do desconhecido. Mas um gritinho amigável o tranquilizou, e ele voltou para investigar. Uma lufada de ar quente subiu para suas narinas e lá, enrolado sob a neve em uma bola confortável, estava Billee. Ele gania de modo tranquilizador, se contorcia e se ajeitava para mostrar sua boa vontade e intenções, e até se aventurou, como um suborno pela paz, a lamber o rosto de Buck com sua língua quente e úmida.

Outra lição. Então era assim que eles faziam, hein? Buck escolheu confiante um local e, com muito barulho e desperdício de energia, começou a cavar um buraco para si mesmo. Em um instante, o calor de seu corpo encheu o espaço confinado e ele adormeceu. O dia tinha sido longo e árduo, e ele dormiu profunda e confortavelmente, embora rosnasse, latisse e lutasse com seus pesadelos.

Nem bem abriu os olhos e já foi acordado pelos ruídos do acampamento em atividade. No começo não sabia onde estava. Nevou durante a noite e ele foi completamente enterrado. As paredes de neve o apertavam de todos os lados e uma grande onda de medo o varreu, o medo que sente qualquer criatura selvagem pela armadilha. Era um sinal de que ele estava recordando em sua própria vida da experiência de seus antepassados; pois era um cão civilizado, um cão indevidamente civilizado, e por sua própria experiência não conhecia armadilhas, e, portanto, não tinha razão de temê-las. Os músculos de todo o seu corpo se contraíram espasmódica e instintivamente, os pelos do pescoço e dos ombros se arrepiaram e, com um rosnado feroz, ele saltou direto para o dia ofuscante, a neve voando ao redor em uma nuvem brilhante. Antes de cair de pé, viu o acampamento branco se revelar à sua frente e soube onde estava e se lembrou de tudo o que havia passado, desde o momento em que foi passear com Manuel até o buraco que tivera que cavar para si na noite anterior.

Um grito de François saudou sua chegada:

– O que eu te disse? – o cocheiro gritou para Perrault. – Esse tal de Buck com certeza aprende rápido como um raio.

Perrault concordou com seriedade. Como mensageiro do governo canadense, levando documentos importantes, ele estava ansioso para conseguir os melhores cães e ficou particularmente satisfeito com a incorporação de Buck à matilha.

Mais três huskies foram adicionados à equipe em uma hora, perfazendo um total de nove e, antes que se passasse outro quarto de hora, eles estavam unidos pelos arreios e subindo a trilha em direção ao cânion de Dyea. Buck estava feliz por ter partido e, embora o trabalho fosse difícil, ele percebeu que não o desprezava especialmente. Ficou surpreso com a ansiedade que animou toda a equipe e que lhe foi comunicada; mas ainda mais surpreendente foi a mudança operada em Dave e Sol-leks. Eles eram cães novos, totalmente transformados pelos arreios. Toda passividade e despreocupação desapareceram deles. Eles estavam alertas e ativos, ansiosos para que o trabalho corresse bem e ferozmente irritados com o que quer que fosse que, por atraso ou confusão, retardasse esse trabalho. A perseguição dos rastros parecia a expressão suprema de sua existência, de tudo pelo que viviam, e a única coisa em que realmente se deleitavam.

Dave era um cão que servia para trenós de rodas ou de lâminas; puxando à sua frente estava Buck, depois veio Sol-leks; o resto da equipe foi distribuído à frente, em fila única, até o líder, cargo que foi ocupado por Spitz.

Buck tinha sido colocado propositalmente entre Dave e Sol-leks para que pudesse receber instruções. Aluno aplicado que era, seus professores igualmente hábeis nunca permitiam que ele se demorasse muito nos erros e reforçavam o ensinamento com seus dentes afiados. Dave era justo e muito sábio. Ele nunca beliscava Buck sem motivo e nunca deixou de mordiscá-lo quando achava que seria útil fazê-lo. Como o chicote de François o apoiava, Buck descobriu que era mais barato manter-se no caminho certo do que tentar revidar. Uma vez, durante uma breve parada, quando ele se confundiu no meio das pegadas e atrasou a partida, Dave e Sol-leks voaram para cima dele e aplicaram-lhe uma surra sonora. A confusão resultante foi ainda pior, mas Buck teve o cuidado de manter os arreios em ordem depois disso; e antes que o dia acabasse, ele dominara tão bem seu trabalho que seus companheiros pararam de importuná-lo. O chicote de François estalava com menos frequência, e até mesmo Perrault deu atenção a Buck, levantando suas patas e examinando-as cuidadosamente.

Foi um dia difícil de corrida, subindo o cânion, passando pelo Campo das Ovelhas, pelas montanhas Scales e pela borda da floresta, por geleiras e fendas na neve com centenas de metros de profundidade e pela grande cordilheira de Chilcoot, que fica entre a água salgada e a água doce, imponentemente guardando o triste e solitário Norte. Eles concluíram em um bom tempo a descida da cadeia de lagos que preenchiam as crateras de vulcões extintos, e tarde da noite pararam no enorme acampamento na cabeceira do lago Bennett, onde milhares de caçadores de ouro estavam construindo barcos para quando o gelo rompesse na primavera. Buck abriu seu buraco na neve e dormiu o sono dos justos exaustos, mas muito cedo foi expulso na escuridão fria e amarrado com seus companheiros ao trenó.

Naquele dia, percorreram sessenta quilômetros, com a trilha lotada; mas no dia seguinte, e por muitos dias seguintes, eles abriram sua própria trilha, trabalhando bem mais e ganhando menos tempo. Via de regra, Perrault viajava à frente da equipe, compactando a neve com as raquetes sob as suas botas para tornar o caminho mais fácil para eles. François, guiando o trenó pelo bastão de manobra, às vezes trocava de lugar com ele, mas não com frequência. Perrault estava com pressa e orgulhava-se de seu conhecimento do gelo, conhecimento esse indispensável, pois o gelo do outono era muito fino e, onde havia água corrente mais rápida, não havia gelo nenhum.

Dia após dia, por dias intermináveis, Buck labutou nas trilhas. Constantemente, eles levantavam acampamento no escuro, e o primeiro cinza da madrugada os encontrava batendo na trilha com alguns quilômetros desenrolados atrás deles. E sempre acampavam só depois de escurecer, comendo sua porção de peixe e rastejando para dormir nos buracos da neve. Buck estava faminto. Os seiscentos gramas de salmão desidratado, sua ração diária, pareciam não levar a lugar nenhum. Aquilo não era suficiente para ele, e sofria as torturas da fome. Já os outros cães, por pesarem menos e terem nascido naquela vida, recebiam apenas meio quilo do peixe e conseguiam se manter em boas condições.

Ele rapidamente perdeu o melindre que caracterizava sua antiga vida. Comedor exigente, Buck descobriu que seus companheiros, terminando primeiro, roubariam sua ração antes que pudesse acabar a refeição. Não havia como se defender deles. Enquanto lutava contra dois ou três, seu peixe estava desaparecendo na garganta dos demais. Para evitar esse problema, começou a comer tão rápido quanto os demais; e, de tal forma a fome o dominava, que não se privava de roubar o que não lhe pertencia para poder se alimentar. Ele observava e aprendia. Quando viu Pike, um dos cachorros novatos, um dissimulado esperto e ladrão, roubar descaradamente uma fatia de bacon quando Perrault estava de costas, Buck repetiu a façanha no dia seguinte, ficando com o pedaço inteiro para si. Aconteceu um grande alvoroço, mas ele não foi considerado suspeito; enquanto Dub, um trapaceiro desajeitado e sempre pego, era punido pelo delito de Buck.

Esse primeiro roubo marcou Buck como apto para sobreviver naquele ambiente hostil das terras do Norte. Marcou sua adaptabilidade, sua capacidade de se ajustar às novas condições de instabilidade, cuja falta significaria uma morte rápida e terrível. Marcou, ainda, a decadência ou desintegração de sua natureza moral, uma coisa vã e uma desvantagem na luta implacável pela sobrevivência. Tudo estava bem nas terras do Sul, sob a lei do amor e da camaradagem, o respeito à propriedade privada e os sentimentos pessoais; mas na Terra do Norte, sob a lei do porrete e das presas, quem quer que levasse essas coisas em consideração seria considerado um tolo e, na medida em que as observasse, não conseguiria prosperar.

Não que Buck tenha raciocinado sobre isso. Ele estava aprendendo a se conformar, isso era tudo, e inconscientemente se acomodava ao novo modo de vida. Em toda a sua vida, não importassem as desvantagens, ele nunca tinha fugido à luta. Mas o porrete do homem de suéter vermelho incutiu nele um código mais fundamental e primitivo. Civilizado, ele poderia ter morrido em nome de algum valor moral, digamos na defesa do chicote de montaria do juiz Miller; mas o completo processo de sua "descivilização" era agora evidenciado por sua habilidade de escapar da defesa de uma consideração moral para salvar a própria pele. Ele não roubava por prazer ou alegria, mas por causa das necessidades de seu estômago. Não roubava abertamente, mas secreta e astutamente, por respeito ao porrete e às presas. Em suma, as coisas que passou a fazer, eram feitas porque era mais fácil aceitá-las do que lutar contra elas.

Seu desenvolvimento (ou retrocesso) foi rápido. Seus músculos ficaram duros como o aço e se tornou insensível a todas as dores comuns. Ele alcançou um estado de eficiência de energia interna e externa. Podia comer qualquer coisa, não importa o quão repugnante ou indigesta fosse; e, uma vez engolido, os sucos de seu estômago extraíam até a última partícula de nutriente dos alimentos; e seu sangue o carregava para os confins de seu corpo, transformando-o no mais resistente e robusto dos tecidos. A visão e o faro tornaram-se notavelmente aguçados, enquanto sua audição desenvolvia tal agudeza que em seu sono ele podia ouvir o mais leve dos sons e sabia se anunciava a paz ou um perigo. Ele aprendeu a arrancar o gelo com os dentes quando se acumulava entre os dedos das patas; e quando estava com sede e havia uma camada espessa de gelo sobre uma poça, aprendeu a quebrá-lo, empinando o corpo e caindo sobre o gelo com as patas dianteiras estendidas. Sua característica mais notável era a capacidade de farejar o vento e prever como seria o clima do dia seguinte. Por mais difícil de respirar que estivesse o ar, quando ele cavava seu ninho ao pé de uma árvore ou na margem de um riacho, o vento que inevitavelmente chegaria mais tarde o encontraria aconchegado, sempre a favor do vento, protegido e confortável.

E ele aprendeu, não apenas por experiência, mas revivendo instintos há muito tempo mortos dentro dele. As gerações de domesticação eram retiradas dele aos poucos. Lembrava-se vagamente das origens de sua espécie, da época em que os cães selvagens se agrupavam em matilhas pela floresta primitiva e matavam suas presas enquanto as perseguiam. Não foi tão difícil para ele aprender a lutar com garras e dentes e o ataque rápido com a mandíbula dos lobos. Desse modo haviam lutado os seus ancestrais esquecidos. Eles aceleraram a vida primitiva dentro dele, e os velhos truques impressos na hereditariedade da raça passaram agora a ser os seus. Afloravam em Buck sem esforço ou necessidade de descoberta, como se tivessem sido seus desde sempre. E quando, nas noites quietas e frias, ele apontava o nariz para uma estrela e uivava longamente como um lobo, eram seus ancestrais, mortos e transformados em poeira, que apontavam o caminho e uivavam através dos séculos e através dele. E suas cadências eram ancestrais, as cadências que expressavam sua dor, e que através das gerações eram o resultado do medo da rigidez, do frio e da escuridão.

Assim, símbolo de como a vida é uma marionete, a antiga canção percorreu o seu corpo e ele retornou ao estado natural; e tudo isso aconteceu porque os homens haviam encontrado um metal amarelo no Norte, e porque Manuel era um ajudante de jardineiro cujo salário não cobria as necessidades de sua esposa e das várias pequenas cópias de si mesmo.

# A fera primitiva dominante

A fera primitiva dominante era forte em Buck e, sob as duras condições da vida nas trilhas, se fortalecia cada vez mais. No entanto, era um crescimento secreto. Sua astúcia recém-nascida deu-lhe equilíbrio e controle. Ele estava muito ocupado se ajustando à nova vida para se sentir à vontade, e por isso não costumava provocar brigas, e evitava entrar nelas sempre que possível. Uma certa deliberação caracterizava a sua atitude. Ele não estava propenso a precipitações e ações impensadas; e no ódio amargo entre ele e Spitz, não era traído por sua impaciência, e evitava qualquer ato ofensivo.

Por outro lado, possivelmente porque ele previra em Buck um rival perigoso, Spitz nunca perdia a oportunidade de arreganhar os dentes. Ele sempre fazia o possível para provocar Buck, se esforçando constantemente para iniciar a luta que fatalmente terminaria com a morte de um ou de outro. No início da viagem esse confronto poderia ter acontecido, não fosse por um acidente incomum. No final daquele dia, eles montaram um acampamento desolado e infeliz na margem do lago Le Barge. A neve caindo, um vento que cortava como uma lâmina incandescente e a escuridão os forçaram a tatear em busca de um local para acampar. Eles dificilmente poderiam ter se saído pior. Atrás deles erguia-se uma parede perpendicular de rocha, e Perrault e François foram obrigados a fazer sua fogueira e arranjar sua roupa de cama sobre o gelo do próprio lago. A tenda, eles haviam descartado em Dyea para viajar com um peso reduzido na bagagem. Alguns galhos de madeira flutuante forneciam-lhes um fogo que derretia pelo gelo e os obrigava a jantar no escuro.

Perto da rocha protetora, Buck cavou seu ninho na neve. Era tão aconchegante e quente, que ele não queria abandoná-lo quando François distribuiu o peixe, que havia descongelado antes no fogo. Mas quando Buck terminou sua ração e voltou, encontrou seu ninho ocupado. Um rosnado de advertência disse a ele que o invasor era Spitz. Até agora, Buck havia evitado problemas com seu inimigo, mas aquilo já era demais. A fera dentro dele rugiu. Ele saltou sobre Spitz com uma fúria que surpreendeu a ambos, e particularmente a Spitz, pois toda a sua experiência com Buck foi para ensiná-lo que seu rival era um cão mais tímido do que o normal, que conseguia se controlar apenas por causa da vantagem do seu peso e tamanho.

François ficou surpreso, também, quando eles rolaram emaranhados sobre o ninho destruído e logo adivinhou a origem do problema.

– A-há! – ele gritou para Buck –, dá-lhe uma lição, por deus! Dá-lhe uma sova, esse ladrãozinho sujo!

Spitz estava igualmente disposto. Ele estava chorando de pura raiva e impaciência, enquanto circulava para a frente e para trás em busca de uma oportunidade de atacar. Buck não estava menos ansioso, mas não menos ainda cauteloso, pois da mesma forma se deslocava para a frente e para trás em busca de uma vantagem. Mas foi então que o inesperado aconteceu, uma coisa que adiou sua disputa pela supremacia para um futuro distante, depois de muitos quilômetros de trilha e labuta juntos.

Um xingamento de Perrault, o impacto sonoro de um porrete em uma estrutura ossuda e um grito estridente de dor anunciaram a erupção de um pandemônio. A existência de vida no acampamento foi repentinamente descoberta por formas peludas furtivas, huskies famintos, uma centena deles, que haviam farejado o acampamento a partir de alguma aldeia indígena. Eles haviam rastejado até ali enquanto Buck e Spitz lutavam, e quando os dois homens avançaram sobre eles com os fortes porretes, mostraram os dentes e revidaram. Eles estavam enlouquecidos com o cheiro da comida.

Perrault encontrou um dos invasores com a cabeça enterrada na caixa de ração. Seu porrete atingiu pesadamente as costelas magras e a caixa do rancho tombou no chão. No mesmo instante, duas dezenas de bestas famintas estavam lutando pelo pão e bacon. Os porretes desceram sobre eles sem qualquer aviso. Eles uivaram e ganiram sob a chuva de golpes, mas lutaram assim selvagemente até que a última migalha fosse devorada.

Nesse ínterim, os espantados cães da equipe tinham saído de seus ninhos apenas para serem também atacados pelos ferozes invasores. Buck nunca tinha visto cães assim. Parecia que seus ossos iriam romper a pele. Eles eram meros esqueletos, envoltos frouxamente em peles esfarrapadas, com olhos brilhantes e presas salivantes. Mas a loucura da fome os tornava terríveis, irresistíveis. Não havia defesa possível contra eles. Os cães da equipe foram encurralados contra o penhasco no primeiro ataque. Buck foi atacado por três huskies e, em um instante, sua cabeça e ombros foram dilacerados e cortados. O barulho era assustador. Billee estava chorando como sempre. Dave e Sol-leks, pingando sangue de várias feridas, lutavam bravamente lado a lado. Joe estava abocanhando como um demônio. Uma vez, seus dentes se fecharam na pata dianteira de um husky, e ele esmagou até perfurar o osso. Pike, o dissimulado, saltou sobre o animal ferido e incapacitado, quebrando seu pescoço com um rápido cravar de dentes e uma torção. Buck abocanhou um adversário insignificante pela garganta e foi borrifado de sangue quando seus dentes afundaram na jugular. Aquele gosto quente em sua boca o incitou a uma ferocidade ainda maior. Ele se lançou sobre um outro e ao mesmo tempo sentiu os dentes afundarem em sua própria garganta. Era Spitz, atacando traiçoeiramente pela lateral.

Perrault e François, após limparem sua parte do acampamento, correram para salvar seus cães de tração. A onda selvagem de feras famintas recuou diante deles e Buck sacudiu e conseguiu se libertar de Spitz. Mas foi apenas por um instante. Os dois homens foram obrigados a correr de volta para salvar o grude, enquanto os huskies voltavam para o ataque ao grupo dos trenós. Billee, aterrorizado em bravura, saltou rompendo o cerco selvagem e fugiu correndo sobre o gelo. Pike e Dub o seguiram, com o resto da equipe atrás. Enquanto Buck se aprumava para fugir atrás deles, com o canto do olho viu Spitz correndo em sua direção para atacá-lo, com a evidente intenção de acabar com ele. Uma vez caído ao chão, sob aquela massa de huskies, não haveria esperanças de sobrevivência. Mas Buck se preparou para o choque do ataque de Spitz, e conseguiu juntar-se aos demais na fuga para o lago.

Mais tarde, os nove cães da equipe se reuniram e buscaram abrigo na floresta. Embora não fossem mais perseguidos, eles estavam em uma situação lamentável. Não havia nenhum deles que não estivesse ferido em quatro ou cinco lugares, enquanto alguns o estavam mais gravemente. Dub era um desses, atingido em uma das patas traseiras; Dolly, o último husky adicionado à equipe em Dyea, estava com a garganta profundamente rasgada; Joe havia perdido um olho; enquanto Billee, o bem-humorado, com uma orelha mastigada e cortada em tiras, gania e choramingava a noite toda. Ao nascer do dia, eles mancaram cautelosamente de volta ao acampamento, para descobrir que os saqueadores haviam partido e encontrar os dois homens de péssimo humor. Metade de seu suprimento de comida tinha sido saqueado. Os huskies haviam mastigado os arreios do trenó e as coberturas de lona. Na verdade, nada, não importa o quão remotamente comestível, tinha escapado ao ataque deles. Tinham comido um par de mocassins de pele de alce de Perrault, pedaços das correias de couro e até mesmo meio metro do chicote de François, que interrompeu uma triste contemplação do estrago causado para cuidar de seus cães feridos.

– Ah, meus amigos – ele disse suavemente –, talvez vocês todos virem cachorros loucos, com tantas mordidas. Talvez todos já estejam contaminados com a raiva, santa maldição! O que você acha, hein, Perrault?

O mensageiro balançou a cabeça em dúvida. Com duzentos quilômetros de trilha ainda entre ele e Dawson, mal podia se dar ao luxo de ter um surto de raiva se espalhando entre seus cães. Duas horas de xingamentos e árduo esforço colocaram os arreios em dia, e a equipe endurecida pelos ferimentos estava em marcha, lutando dolorosamente pela parte mais difícil da trilha que eles já haviam percorrido e, para piorar, a mais difícil estava entre eles e Dawson.

O rio Thirty Mile estava totalmente livre. Suas águas selvagens desafiavam o congelamento, e o gelo aparecia apenas nas bordas e nos remansos menos agitados pela correnteza. Seis dias de trabalho exaustivo foram necessários para cobrir os últimos terríveis sessenta quilômetros. E eram terríveis pois cada passo avançado por eles foi conquistado com alto risco de vida para os cães e para os homens. Uma dúzia de vezes, Perrault, farejando o caminho, quebrava as pontes de gelo e caía nas fendas, salvo graças ao longo bastão de madeira que carregava perpendicular ao corpo, que o impedia de afundar no gelo a cada queda. Mas uma onda de frio estava acontecendo, o termômetro registrando cinquenta graus abaixo de zero, e cada vez que ele se encharcava, era compelido a acender uma fogueira e secar suas roupas para manter-se vivo.

Nada o assustava. Era exatamente por isso que ele tinha sido escolhido para ser mensageiro do governo. Assumia todos os tipos de riscos, enfiando decididamente seu rostinho enrugado no meio do gelo e lutando do amanhecer até a noite. Ele contornou as costas mais severas das margens de gelo que se curvavam e estalavam sob os pés e sobre as quais ninguém mais ousaria parar. Certa vez, o trenó quebrou a camada congelada, com Dave e Buck, e eles estavam meio congelados e quase afogados quando foram arrastados para fora. O fogo costumeiro foi necessário para aquecer e salvá-los. Estavam solidamente envoltos pelo gelo, e os dois homens os mantiveram correndo ao redor do fogo, suando e descongelando, tão perto que foram chamuscados pelas labaredas.

Em outro momento, Spitz caiu, arrastando toda a equipe atrás dele até Buck, que se esforçou para trás com toda a força, as patas dianteiras na borda escorregadia e o gelo tremendo e quebrando ao seu redor. Mas atrás dele estava Dave, também se esforçando para retroceder, e atrás do trenó estava François, puxando até seus tendões racharem.

Mais uma vez, o gelo da borda se quebrou antes e atrás, e não havia como escapar, exceto subindo o penhasco. Perrault o escalou por um milagre, enquanto François rezava exatamente por aquele milagre; e com cada correia e tira do trenó e o último pedaço de arreio transformados em uma longa corda, os cães foram içados, um por um, até o topo do penhasco. François subiu por último, depois do trenó e da carga. Então veio a busca por um caminho para descer, cujo percurso foi vencido com o auxílio da corda, e a noite os encontrou de volta ao rio com meio quilômetro para bater a meta do dia.

Quando chegaram a Hootalinqua e ao gelo mais estável, Buck estava exausto. O resto dos cães estava em condições semelhantes; mas Perrault, para recuperar o tempo perdido, empurrou-os até mais tarde e começaram mais cedo. No primeiro dia, eles cobriram setenta quilômetros até o Big Salmon; no dia seguinte, mais setenta até o Little Salmon; no terceiro dia, oitenta quilômetros, que os trouxe bem para cima, em direção à corredeira do Five Fingers.

As patas de Buck não eram tão compactas e resistentes como as dos huskies. As dele foram suavizadas através de muitas gerações, desde o dia em que seu último ancestral selvagem foi domesticado por um habitante das cavernas ou por algum homem dos rios. O dia todo ele mancou de agonia e, uma vez montado o acampamento, deitou-se como um cachorro morto. Por mais faminto que estivesse, não se moveu para receber sua ração de peixe, que François teve que trazer até ele. Além disso, o cocheiro esfregava suas patas por meia hora todas as noites após o jantar e sacrificara a ponta de seus próprios mocassins para fazer quatro mocassins para o cão. Isso causou um grande alívio, e Buck fez com que até o rosto enrugado de Perrault se contorcesse em um sorriso uma manhã, quando François esqueceu os mocassins e Buck deitou-se de costas, seus quatro pés balançando apelativamente no ar, e se recusando a caminhar sem eles. Mais tarde, seus pés endureceram com a experiência nas trilhas e o calçado gasto foi jogado fora.

Certa manhã, em Pelly, enquanto eles estavam atando os arreios, Dolly, que nunca havia se destacado por nada, de repente enlouqueceu. Ela anunciou sua condição com um uivo longo como o de um lobo, de partir o coração, que fez todos os cães se arrepiarem de medo, e então correu direto para cima de Buck. Ele nunca tinha visto um cachorro com a raiva, nem tinha motivos para temer aquela loucura; no entanto, ele sabia que ali estava o terror e fugiu em pânico. Correu imediatamente, com Dolly, ofegando e espumando, um salto logo atrás; ela não conseguia avançar para alcançá-lo, tão grande era o pavor dele, nem ele conseguia se distanciar dela, tão grande era sua loucura. Buck mergulhou através do leito arborizado de uma ilha, voou até a extremidade inferior, cruzou um canal traseiro cheio de gelo áspero para chegar à segunda ilha, avançou até uma terceira, virou de volta para o rio principal e em desespero começou a cruzá-lo. E o tempo todo, embora ele não olhasse, podia ouvi-la rosnar a apenas um salto de distância atrás dele. François o chamou a meio quilômetro de distância e ele retornou, ainda um salto à frente, ofegando dolorosamente pelo ar e colocando toda a sua fé em que François o salvaria. O condutor do cão posicionou o machado em sua mão e, quando Buck passou por ele, o machado atingiu a cabeça da raivosa Dolly.

Buck cambaleou contra o trenó, exausto, soluçando para respirar, indefeso. Essa era a oportunidade que Spitz esperava. Ele saltou sobre Buck, e duas vezes seus dentes cravaram-se em seu adversário sem resistência e rasgaram e cortaram a carne até os ossos. Então o chicote de François desceu, e Buck teve a satisfação de ver Spitz receber as piores chicotadas até então administradas a qualquer um do time.

– Um demônio, aquele Spitz –, observou Perrault. – Algum maldito dia ele acaba matando o tal do Buck.

– Mas Buck vale por dois demônios –, foi a réplica de François. – Toda vez que eu olho praquele Buck, eu tenho certeza. Ouve só: algum maldito dia desses ele vai ficar furioso que nem o capeta e vai mastigar o Spitz todo e cuspir na neve. Claro. Eu sei.

A partir de então, começou uma guerra entre eles. Spitz, como cão-guia e mestre reconhecido da equipe, sentiu sua liderança ameaçada por aquele cachorro estranho das terras do Sul. E Buck era estranho para ele, pois dos muitos cães do Sul que conhecera, nenhum havia se destacado tão dignamente no acampamento e na trilha. Eles eram todos muito moles, morrendo sob o trabalho extenuante, o gelo e a fome. Buck era uma exceção. Só ele resistiu e prosperou, igualando-se aos huskies em força, bravura e astúcia. Na época, ele era um cão que dominava, e o que o tornava perigoso era o fato de que o porrete do homem de suéter vermelho havia derrubado toda a coragem cega e impetuosidade de seu desejo de domínio. Ele era destacadamente astuto e podia aguardar pela sua hora com uma paciência nada menos que primitiva.

Era inevitável que a disputa pela liderança acontecesse. Buck ansiava por isso. Ele queria porque era parte de sua natureza, porque tinha sido dominado com força por aquele orgulho sem nome e incompreensível da trilha e do rastro, aquele orgulho que mantém os cães na lida até o último suspiro, que os atrai a morrer alegremente nos arreios, e parte os seus corações, se por acaso forem arrancados das correias de tração. Esse era o orgulho de Dave como cachorro para tração de rodas, de Sol-leks quando puxava com toda a força; o orgulho que os impregnava ao sair do acampamento, transformando-os de bestas temperamentais e taciturnas em criaturas alertas, ávidas e ambiciosas; o orgulho que os estimulava durante todo o dia e os dominava no acampamento à noite, deixando-os cair em uma inquietação sombria e descontente. Foi esse orgulho que encorajou Spitz e o fez espancar os cães de trenó que tropeçavam e se esquivavam das pegadas ou se escondiam na hora dos arreios pela manhã. Da mesma forma, foi esse orgulho que o fez temer Buck como um possível novo guia da matilha. E esse também era o orgulho de Buck.

Ele ameaçava abertamente a liderança dos outros. Colocava-se entre ele e os irresponsáveis que deveriam ser punidos. E fazia isso deliberadamente. Certa noite, caiu uma forte nevasca e, pela manhã, Pike, o dissimulado, não apareceu. Estava escondido com segurança em seu ninho sob trinta centímetros de neve. François o chamou e o procurou em vão. Spitz estava louco de raiva. Procurou furioso pelo acampamento, farejando e cavando em todos os lugares prováveis, rosnando tão assustadoramente que Pike o ouviu e estremeceu em seu esconderijo.

Mas quando foi finalmente desenterrado, e Spitz voou sobre ele para uma punição exemplar, Buck pulou, com igual raiva, na frente de Spitz. Isso foi tão inesperado, e tão astutamente planejado, que Spitz foi jogado para trás e caiu no chão. Pike, que estava tremendo miseravelmente, animou-se com o motim iniciado e saltou sobre o seu líder derrubado. Buck, para quem o jogo limpo era um código esquecido, também saltou sobre Spitz. Mas François, rindo do incidente, enquanto era inabalável na administração da justiça, atacou Buck com todas as suas forças. Isso não conseguiu afastar Buck de seu rival prostrado, e o cabo do chicote foi acionado. Meio atordoado pelo golpe, Buck foi jogado para trás e o chicote foi aplicado sobre ele repetidas vezes, enquanto Spitz punia severamente o ofensivo Pike.

Nos dias que se seguiram, conforme Dawson se aproximava cada vez mais, Buck continuava a interferir entre Spitz e os culpados; mas ele o fazia astutamente, quando François não estava por perto. Com o motim encoberto de Buck, nasceu uma insubordinação geral que tomou corpo. Dave e Sol-leks não foram afetados, mas o resto da equipe foi de mal a pior. As coisas não davam mais certo. Houve discussões e ruídos contínuos. O problema era recorrente e no fundo sempre estava Buck. Ele mantinha François ocupado, pois o condutor do trenó estava em constante apreensão com a luta de vida ou morte entre os dois, que ele sabia que aconteceria mais cedo ou mais tarde; e em mais de uma noite, os sons das brigas e contendas entre os outros cães o tiravam de seu saco de dormir, temeroso de que Buck e Spitz estivessem envolvidos no conflito.

Mas a oportunidade não se apresentou, e eles pararam em Dawson em uma tarde sombria com a grande luta ainda por acontecer. Ali estavam muitos homens e incontáveis cães, e Buck os encontrou trabalhando. Parecia a ordem natural das coisas, que os cães devessem trabalhar. Durante todo o dia eles circulavam para cima e para baixo na rua principal em longas equipes, e à noite seus sinos ainda tocavam. Eles transportavam toras e lenha para cabanas, carregavam até as minas e faziam todo tipo de trabalho que era executado pelos cavalos no vale de Santa Clara. Aqui e ali, Buck conheceu cães das terras do Sul, mas no geral eles eram da raça husky, descendentes de lobos selvagens. Todas as noites, pontualmente, às nove, às doze e às três, eles entoavam uma canção noturna, uma cantoria estranha e sinistra, da qual Buck gostava de participar.

Com a aurora boreal flamejando friamente no alto, ou as estrelas saltando na dança do gelo, e a terra entorpecida e congelada sob seu manto de neve, esta canção dos huskies podia ser o desafio da vida, só que era cantada em tom menor, com longos gemidos e meios-soluços, e era mais a súplica da vida, o trabalho articulado da existência. Era uma canção antiga, tão antiga quanto a própria raça, uma das primeiras canções do mundo quando mais jovem, em uma época em que as canções eram tristes. Ela estava carregada com a tristeza de incontáveis gerações, essa reclamação pela qual Buck ficou tão estranhamente comovido. Quando ele gemia e soluçava, era com a dor de viver que há tempos era a dor de seus antepassados selvagens, o medo e o mistério do frio e da escuridão. E o fato de ele estar mexido por isso, marcava a perfeição com que ele rememorou através das eras, o fogo e o abrigo, até o início da vida dura, quando eles uivavam unidos.

Sete dias a partir do momento em que chegaram a Dawson, desceram a encosta íngreme dos Barracks até a trilha de Yukon e seguiram para Dyea e Salt Water. Perrault carregava documentos mais urgentes do que os que trouxera; além disso, o orgulho dos exploradores o dominara e ele se propôs a fazer a viagem em tempo recorde naquele ano. Várias coisas o favoreciam nisso. O descanso da semana havia recuperado os cães e os deixara em perfeitas condições. A trilha que eles haviam aberto para o interior ficou lotada de viajantes que vieram depois deles. Além disso, a polícia havia providenciado em dois ou três lugares ao longo da trilha depósitos de comida para cachorros e homens, e ele estava viajando com menos bagagem.

Eles concluíram a Sixty Mile, que é uma corrida de cem quilômetros, no primeiro dia; e o segundo dia os viu chegar à beira de Yukon a caminho de Pelly. Mas essas corridas esplêndidas foram alcançadas com muitas dificuldades e aborrecimentos por parte de François. A revolta traiçoeira liderada por Buck destruía a solidariedade da equipe. Não mais se comportavam como um só animal, pulando sobre os rastros das trilhas. O incentivo que Buck dava aos rebeldes os levava a todo tipo de delitos menores. Spitz não era mais um líder a ser temido pelo grupo. O velho temor foi embora e eles estavam à altura de desafiar sua autoridade. Certa noite, Pike tomou dele meio peixe e o saboreou sob a proteção de Buck. Em uma outra, Dub e Joe lutaram com Spitz e o fizeram desistir do castigo que estavam merecidamente para receber. E mesmo Billee, o bem-humorado, estava menos bem-humorado e choramingava desconsoladamente, ao contrário do seu comportamento nos dias anteriores. Buck nunca se aproximava de Spitz sem rosnar e se arrepiar ameaçadoramente. Na verdade, seu comportamento estava mais próximo ao de um valentão, e ele costumava andar para cima e para baixo diante do focinho de Spitz.

A quebra da disciplina também afetou os cães em suas relações uns com os outros. Eles discutiam e brigavam mais do que nunca entre si, até que o acampamento, às vezes, se transformava em uma confusão uivante. Somente Dave e Sol-leks permaneceram inalterados, embora tenham ficado mais irritados com as disputas intermináveis. François berrava xingamentos bárbaros, pisava a neve com fúria inútil e arrancava os próprios cabelos. Seu chicote estava sempre cantando no meio dos cães, mas isso não adiantava muito. Assim que virava as costas, eles voltavam à mesma agitação de antes. Ele apoiava Spitz com seu chicote, enquanto Buck dava cobertura para o restante da equipe. François sabia que ele estava por trás de todos os problemas e Buck sabia que ele sabia; mas era inteligente demais para ser pego em flagrante. Ele trabalhava ativamente nas correias do trenó, pois o trabalho havia se tornado um deleite; no entanto, era um prazer ainda maior provocar astutamente uma briga entre seus companheiros e embaralhar as rédeas.

Na foz do Tahkeena, uma noite depois do jantar, Dub encontrou uma lebre americana, tropeçou na corrida e a perdeu. Em um segundo, toda a matilha estava uivando. A cem metros de distância havia um acampamento da Polícia do Noroeste, com cinquenta cães, todos huskies, que se juntaram à perseguição. O coelho acelerou até o rio abaixo, entrou em um pequeno riacho, cujo leito congelado ainda estava firme. Ele correu levemente na superfície da neve, enquanto os cães avançavam com força total. Buck liderava a matilha, com sessenta cabeças, curva após curva, mas não conseguiam ganhar a disputa. Ele se abaixou para ganhar velocidade na corrida, ganindo ansiosamente, seu esplêndido corpo projetando-se para frente, salto a salto, sob a luz branca e pálida do luar. E salto a salto, como algum espírito branco do gelo, o coelho disparava à frente da matilha.

Toda aquela mistura de velhos instintos que em determinadas épocas expulsam os homens das cidades barulhentas para as florestas e planícies, desejosos de matar outros animais com pelotas de chumbo impulsionadas quimicamente, a sede de sangue, a alegria de matar, tudo isso estava em Buck, só que infinitamente mais íntimo dele. Avançava à frente dos cães, perseguindo aquela coisa selvagem, a carne viva, para matar com seus próprios dentes e lavar o focinho até os olhos com o sangue quente.

Existe um êxtase que marca o ápice da vida, e além do qual ela não pode mais se elevar. E esse é o paradoxo da vida, esse êxtase aparece quando alguém se sente mais vivo, mas vem como um completo abandono do estar vivo. Esse êxtase, esse esquecimento de estar vivo, chega para o artista, arrebatado e fora de si mesmo como uma lâmina de fogo; chega para o soldado, louco pela guerra em campo aberto, recusando o conforto do quartel; e chegou para Buck, liderando a matilha, emitindo o antigo grito dos lobos, lutando atrás da comida que estava viva e que fugia rapidamente diante dele sob o luar. Ele estava vibrando com as profundezas de sua natureza, que eram mais densas do que ele, voltando para o ventre do Tempo. Estava dominado pela ressurgência da vida, o maremoto do ser, a alegria perfeita de cada músculo, junta e tendão, em sincronia com tudo o que não era morte, incandescente e desenfreado, expressando-se em movimento, voando exultante sob as estrelas e sobre a face da matéria gelada que não se movia.

Mas Spitz, frio e calculista mesmo em seu estado supremo de êxtase e liberdade, deixou a matilha e cortou caminho por uma estreita faixa de terra onde o riacho fazia uma longa curva. Buck não tomou conhecimento disso e, ao dobrar a curva, com o espectro de um coelho ainda voando à sua frente, ele viu um outro espectro maior, de gelo, saltar da margem saliente para o caminho exato em que estava o coelho. Aquele era Spitz. O coelho não conseguiu se virar e, quando os dentes brancos quebraram suas costas em pleno ar, ele gritou tão alto quanto um homem abatido poderia gritar. Ao ouvir isso, o grito da vida caindo direto para as garras da morte, a matilha nos calcanhares de Buck ergueu-se num coro infernal de prazer.

Buck não gritou como eles. Ele não se controlou e avançou contra Spitz, ombro a ombro, com tanta força que errou a garganta. Eles rolaram indefinidamente na neve em pó. Spitz levantou-se tão rápido, como se não tivesse sido derrubado, acertando Buck no ombro e saltando para longe. Duas vezes seus dentes bateram com força, como as mandíbulas de aço de uma armadilha, enquanto ele recuava para se equilibrar melhor, com os lábios enrugados que se contorciam e rosnavam.

Em um segundo Buck sabia. A hora tinha chegado. Seria até a morte. Enquanto eles andavam em círculo, rosnando, orelhas deitadas para trás, atentos a qualquer vantagem, a cena foi percebida por Buck com uma sensação de familiaridade. Ele parecia se lembrar de tudo, a floresta branca, a terra, o luar e a emoção da batalha. Sobre a brancura e o silêncio pairava uma calma fantasmagórica. Não se ouvia o mais leve sussurro no ar, nenhum movimento, nenhuma folha estremecida, a respiração visível dos cães subindo lentamente e evaporando no ar gelado. Eles tinham acabado rapidamente com o coelho capturado, esses cães que eram lobos mal domesticados; e eles agora estavam dispostos em um círculo de expectativa. Todos em absoluto silêncio, apenas os olhos brilhando e a respiração evaporando lentamente no ar gelado. Para Buck, não havia nada de novo ou estranho nessa cena dos velhos tempos. Era como se sempre tivesse sido assim, o jeito habitual das coisas.

Spitz era um lutador experiente. De Spitzbergen ao Ártico, passando pelo Canadá e os Barrens, manteve-se firme com todos os tipos de cães e conseguiu dominá-los. Ele carregava uma raiva amarga, mas nunca uma raiva cega. Apaixonado por dilacerar e destruir, nunca se esquecia de que seus inimigos também tinham a mesma paixão. Ele nunca atacava até que estivesse preparado para receber um ataque também, nunca atacava antes de ter uma defesa pronta para o possível contra-ataque.

Em vão Buck se esforçou para cravar os dentes no pescoço do grande cachorro branco. Onde quer que suas presas batessem na carne mais macia, elas eram contra-atacadas pelas presas de Spitz. Presas batendo contra presas, os lábios cortados e sangrando, mas Buck não conseguia penetrar na guarda do inimigo. Então ele se aqueceu e envolveu Spitz em um turbilhão de dentadas. Repetidamente tentou chegar à garganta branca como a neve, onde a vida borbulhava perto da superfície, e todas as vezes Spitz o arranhava e fugia. Então Buck começou a correr, como se fosse morder a garganta, quando, de repente, puxando a cabeça para trás e curvando-se de lado, acertou seu ombro no ombro de Spitz como um aríete para derrubá-lo. Mas em vez disso, o ombro de Buck era dilacerado cada vez que Spitz saltava para longe.

Spitz não foi tocado, enquanto Buck estava ensanguentado e ofegante. A luta estava ficando desesperada. E o tempo todo o círculo silencioso e lupino esperava para acabar com qualquer cachorro que caísse. À medida que Buck ficava sem fôlego, Spitz começou a correr e o manteve cambaleando para se equilibrar. Assim que Buck conseguiu se estabilizar, todo o círculo de sessenta cães se aproximou; mas ele se recuperou, quase no ar, e o círculo se ampliou novamente e esperou.

Mas Buck possuía uma qualidade que tornava possível sua grandeza: a imaginação. Ele lutava por instinto, mas também podia lutar com a inteligência. Ele correu, como se fosse tentar novamente o velho truque do ombro, mas no último instante mergulhou na neve sob Spitz. Seus dentes se cravaram na pata dianteira esquerda do oponente. Houve um estalo de osso quebrando, e o cachorro branco o encarou apoiado em três patas. Por três vezes ele tentou derrubá-lo, depois repetiu o truque e quebrou a pata dianteira direita. Apesar da dor e do desamparo, Spitz lutava loucamente para manter-se de pé. Ele viu o círculo silencioso, com olhos brilhantes, línguas pendentes e respirações prateadas se aproximando, fechando-se sobre ele como vira círculos semelhantes perto de lutadores derrotados no passado. Só que dessa vez era ele que tinha sido espancado.

Não havia esperança para ele. Buck foi implacável. A misericórdia era algo reservado para climas mais amenos. Ele manobrou para o ataque final. O círculo se estreitou até que pudesse sentir a respiração dos huskies em torno dele. Ele podia vê-los, além de Spitz em ambos os lados, meio agachados para o ataque, os olhos fixos nele. Uma pausa pareceu cair sobre todos. Cada um dos animais estava imóvel como se tivesse sido transformado em pedra. Apenas Spitz estremeceu e se arrepiou enquanto cambaleava para a frente e para trás, rosnando com uma ameaça horrível, como se para espantar a morte iminente. Então Buck saltou para dentro e para fora; mas quando ele estava dentro do círculo, seu ombro finalmente encontrou o outro ombro. O círculo escuro tornou-se um ponto na neve inundada pelo luar enquanto Spitz desaparecia de vista. Buck se levantou e observou, o campeão bem-sucedido, a fera primitiva dominante que havia matado e se sentia muito bem com isso.

# Quem conquistou a liderança

– Hein? O que eu te disse? Eu falei a verdade quando disse que aquele Buck valia por dois demônios.

Esse foi o discurso de François na manhã seguinte, quando descobriu Spitz desaparecido e Buck coberto de ferimentos. Ele o puxou para o fogo e com a luz observou as feridas.

– O tal Spitz lutava como o inferno –, disse Perrault, enquanto observava os rasgos e os cortes.

– E esse Buck luta como dois infernos –, foi a resposta de François. – E agora nós teremos bons tempos pela frente. Chega de Spitz, chega de problemas, claro.

Enquanto Perrault guardava os equipamentos do acampamento e carregava o trenó, o condutor de cães começou a atrelar a matilha ao trenó. Buck trotou até o lugar que Spitz ocupava como líder; mas François, sem notá-lo, trouxe Sol-leks à posição cobiçada. Em sua opinião, Sol-leks era o melhor cão para liderar que restava. Buck saltou sobre Sol-leks furioso, empurrando-o para trás e ficando em seu lugar.

– Hein? E então? – François gritou, batendo nas coxas alegremente. – Olhe só, aquele Buck. Matou o Spitz para assumir sua função.

– Sai já daí, seu frango! – ele gritou, mas Buck se recusou a ceder.

Ele pegou Buck pela nuca e, embora o cão rosnasse ameaçadoramente, arrastou-o para o lado e substituiu Sol-leks. O velho cachorro não gostou disso, demonstrando claramente que tinha medo de Buck. François estava determinado, mas quando virou as costas, Buck novamente deslocou Sol--leks, que não estava nem um pouco disposto a ficar.

François ficou com raiva:

– Bom, é agora que eu dou um jeito em você! – ele gritou, voltando com um porrete pesado na mão.

Buck lembrou-se do homem de suéter vermelho e recuou lentamente; nem tentou atacar quando Sol-leks foi trazido mais uma vez. Mas ele circulou um pouco além do alcance do porrete, rosnando com amargura e raiva; e enquanto circulava, observava o porrete para se esquivar, caso fosse atacado por François, pois ele se tornara sábio no que se referia a porretes. O condutor continuou seu trabalho e chamou Buck quando ele estava pronto para colocá-lo em seu antigo lugar na frente de Dave. Buck recuou dois ou três passos. François o seguiu, após o que ele recuou novamente. Depois de algum tempo, François apanhou o porrete, pensando que Buck temia uma surra. Mas Buck estava abertamente revoltado. Ele queria não só escapar de uma porretada, mas manter a liderança duramente conquistada. Que era sua por direito. Ele havia merecido e não se contentaria com menos.

Perrault não arredou pé. Essa disputa durou quase uma hora. Eles jogaram porretes em Buck. Ele se esquivou. Eles o amaldiçoaram, e seus pais e suas mães antes dele, e toda a sua descendência até a geração mais remota, e cada fio de pelo em seu corpo e gota de sangue em suas veias; e ele respondeu à maldição com um rosnado e manteve-se fora do alcance deles. Ele não tentou fugir, mas correu ao redor do acampamento, anunciando claramente que quando seu desejo fosse atendido, ele retornaria e seria bem-comportado.

François se sentou e coçou a cabeça. Perrault olhou para o relógio e praguejou. O tempo estava voando e eles deveriam estar na trilha há uma hora. François coçou a cabeça novamente. Ele acenou e sorriu timidamente para o mensageiro, que encolheu os ombros em sinal de que havia sido derrotado. Então François foi até onde Sol-leks estava e chamou Buck, que riu, como os cães riem, mas manteve distância. François desamarrou os arreios de Sol-leks e o colocou de volta em seu antigo lugar. A equipe permaneceu atrelada ao trenó em uma linha contínua, pronta para a trilha. Não havia lugar para Buck, exceto na frente. Mais uma vez, François o chamou e, mais uma vez, Buck riu e se manteve afastado.

– Joga fora esse porrete – ordenou Perrault.

François obedeceu, ao que Buck entrou trotando, rindo triunfantemente, e se posicionou à frente da equipe. Seus arreios foram amarrados, o trenó partiu e, com os dois homens correndo, eles dispararam para a trilha do rio.

Por mais que o condutor avaliasse Buck, com seus dois demônios, ele descobriu, enquanto o dia ainda estava claro, que ele o havia subestimado. Em um salto, Buck assumiu os deveres de liderança; e onde era necessário julgamento, raciocínio aguçado e ação rápida, ele se mostrou superior até mesmo a Spitz, a quem François nunca tinha visto outro igual.

Mas foi reforçando as regras e fazendo com que seus companheiros vivessem de acordo com elas, que Buck se destacou. Dave e Sol-leks não se importaram com a mudança na liderança. Não era da conta deles. Seu negócio era trabalhar, e labutar vigorosamente nas trilhas. Contanto que não houvesse interferência nisso, eles não se importavam com o que acontecia. Billee, o bem-humorado, poderia liderar na opinião dos dois, desde que conseguisse manter a ordem. O resto da equipe, entretanto, havia se tornado indisciplinado durante os últimos dias de Spitz, e sua surpresa era grande, agora que Buck trabalhava para colocá-los na linha.

Pike, que puxava logo atrás de Buck e nunca colocava um grama a mais de seu peso contra a faixa peitoral do que era obrigado a fazer, era rápida e repetidamente sacudido por vadiar; e antes que o primeiro dia terminasse, ele estava se esforçando para puxar mais do que nunca em sua vida. Na primeira noite no acampamento, Joe, o azedo, foi punido severamente, uma coisa que Spitz nunca conseguira fazer. Buck simplesmente o sufocou em virtude de seu peso superior e o apertou até que ele parasse de mordiscar e começasse a gemer por misericórdia.

O espírito geral de equipe se elevou imediatamente, recuperando a solidariedade de outrora, e mais uma vez os cães pulavam como um só pelas trilhas. Nas corredeiras Rink Rapids, dois huskies nativos, Teek e Koona, foram incluídos; e a rapidez com que Buck os integrou à matilha tirou o fôlego de François.

– Nunca vi um cachorro como aquele Buck! – ele gritou. – Não, nunca! Ele vale uns "mil dólar", meu deus! Hein? O que eu te disse, Perrault?

E Perrault acenou com a cabeça. Ele estava à frente do recorde daquela época, e o superava dia a dia. A trilha estava em excelentes condições, bem compactada e dura, e não havia neve recém-caída para enfrentar. Não estava muito frio. A temperatura caiu para quase vinte graus abaixo de zero e assim permaneceu durante toda a viagem. Os homens ora deslizavam no trenó, ora corriam e os cães eram mantidos na ativa, com algumas raras paradas.

O rio Thirty Mile estava relativamente coberto de gelo e, na volta, eles percorreram o mesmo trajeto em um dia, enquanto na ida tinham levado dez dias. Em um dos trechos eles fizeram uma corrida de cem quilômetros do sopé do lago Le Barge até White Horse Rapids. Atravessando Marsh, Tagish e Bennett (cento e vinte quilômetros de lagos), eles voaram tão rápido que o homem que deveria correr atrás do trenó acabou rebocado na ponta de uma corda. E na última noite da segunda semana eles chegaram ao topo do White Pass e desceram a encosta do mar com as luzes de Skaguay e dos navios a seus pés.

Foi uma corrida recorde. A cada dia, durante quatorze dias, eles haviam feito uma média de setenta quilômetros. Por três dias, Perrault e François jogaram baús para cima e para baixo na rua principal de Skaguay e foram inundados com convites para beber, enquanto a equipe era o centro constante de uma multidão de devotos caçadores de cães e de condutores. Então, três ou quatro homens maus do Oeste tentaram limpar a cidade, foram crivados de furos, como pimenteiros, e o interesse público voltou-se para outros ídolos. Em seguida, vieram as ordens oficiais. François chamou Buck para si, jogou seus braços em volta dele, chorou pelo animal. E essa foi a última notícia de François e Perrault. Como outros homens, eles deixaram a vida de Buck para sempre.

Um escocês se encarregou dele e de seus companheiros e, em companhia de uma dúzia de outras matilhas, começou a voltar pela cansativa trilha para Dawson. Não era uma corrida leve agora, também nenhum tempo recorde, mas um trabalho pesado a cada dia, com uma carga considerável atrás; pois este era o trenó do correio, levando notícias do mundo aos homens que buscavam ouro sob a sombra do Polo.

Buck não gostou, mas se esforçou para cumprir o trabalho, orgulhando-se dele à maneira de Dave e Sol-leks, e cuidando para que seus companheiros, orgulhando-se ou não, fizessem sua justa parte. Era uma vida monótona, operando com regularidade de máquina. Um dia era muito parecido com o outro. A certa hora, todas as manhãs, os cozinheiros assumiam, acendiam as fogueiras e serviam o desjejum. Então, enquanto alguns levantavam acampamento, outros atrelavam os cães, e eles partiam cerca de uma hora antes do fim da escuridão, que dava o aviso do amanhecer. À noite, o acampamento era montado. Alguns espantavam as moscas, outros cortavam lenha e galhos de pinheiro para as camas e ainda outros carregavam água ou gelo para os cozinheiros. E então os cães eram alimentados. Para eles, esse era o único evento do dia, embora fosse bom ficar vadiando, depois que o peixe era consumido, por cerca de uma hora com os outros cães, dos quais havia uma centena. Havia lutadores ferozes entre eles, mas três batalhas com os mais ferozes levaram Buck à liderança de modo que, quando se eriçava e mostrava os dentes, eles saíam do seu caminho.

O melhor de tudo, talvez, era que ele gostava de deitar-se perto do fogo, as patas traseiras encolhidas sob o corpo, as patas dianteiras estendidas à frente, a cabeça erguida e os olhos piscando sonhadoramente para as chamas. Às vezes, pensava na grande casa do juiz Miller no vale ensolarado de Santa Clara, e na piscina de cimento, e em Ysabel, a mexicana sem pelos, e Toots, o pug japonês; mas com frequência se lembrava do homem de suéter vermelho, da morte de Curly, da grande briga com Spitz e das coisas boas que havia comido ou que ainda gostaria de comer. Ele não estava com saudades de casa. A terra do sol estava muito escura e distante, e tais memórias não tinham poder sobre ele. Muito mais potentes eram as lembranças de sua ancestralidade, que davam às coisas, que ele nunca tinha visto antes, uma aparente familiaridade; os instintos (que não passavam de lembranças de seus ancestrais transformadas em hábitos) que haviam desaparecido durante algum tempo, mas que recentemente tinham despertado e ressurgido nele.

Às vezes, enquanto se deitava ali, piscando sonhadoramente para as chamas, parecia que eram chamas de outra fogueira e que, ao se deitar perto dessa outra fogueira, ele via outro homem, diferente do cozinheiro mestiço diante dele. Esse outro homem tinha pernas mais curtas e braços mais longos, com músculos que eram fibrosos e nodosos em vez de arredondados e inchados. O cabelo desse outro homem era comprido e emaranhado, e sua cabeça encurvava-se para trás logo acima da linha dos olhos. Ele emitia sons estranhos e parecia ter muito medo da escuridão, para a qual olhava continuamente, apertando em suas mãos, que pendiam a meio caminho entre os joelhos e os pés, uma vara com uma pedra pesada presa firmemente na ponta. Ele estava quase nu, uma pele esfarrapada e queimada pelo fogo caindo até a metade das costas, mas seu corpo era bastante peludo. Em alguns lugares, ao longo do peito e ombros e abaixo da parte externa dos braços e coxas, era emaranhado em quase uma pele grossa. Ele não caminhava ereto, mas com o tronco inclinado para a frente a partir dos quadris, sobre as pernas dobradas na altura dos joelhos. Em seu corpo havia uma elasticidade peculiar, ou resiliência, quase felina, e entrava rápido em estado de alerta, típico de quem vivia com medo constante das coisas visíveis e invisíveis.

Outras vezes, esse homem peludo se agachava perto do fogo com a cabeça sobre os joelhos e dormia. Nessas ocasiões, seus cotovelos ficavam sobre os joelhos, as mãos cruzadas acima da cabeça como se para deixar escorrer a chuva pelos braços peludos. E além do fogo, na escuridão que circulava, Buck via muitos carvões brilhantes, dois a dois, sempre dois a dois, que ele sabia serem olhos de grandes feras predadoras. E ele ouvia o barulho de seus corpos passando pela vegetação rasteira e os ruídos que elas faziam à noite. E sonhando ali, às margens do Yukon, com olhos preguiçosos piscando para o fogo, esses sons e visões de outro mundo lhe faziam o pelo arrepiar ao longo das costas e ficar em pé nos seus ombros e pescoço, até que choramingasse baixo e abafado, ou rosnasse baixinho, e o cozinheiro mestiço gritasse com ele:

– Ei, seu Buck, acorde!

Em seguida, o outro mundo desaparecia e o mundo real surgia diante de seus olhos, e ele se levantava, bocejava e se espreguiçava como se ainda estivesse dormindo.

Foi uma viagem difícil, com a correspondência atrás deles, e o trabalho pesado os desgastou. Estavam com pouco peso e em más condições quando chegaram a Dawson, e mereciam um descanso de dez dias ou uma semana pelo menos. Mas, em dois dias, eles desceram a margem do Yukon vindos das Barracks, carregados de cartas para o mundo exterior. Os cães estavam cansados, os condutores resmungavam e, para piorar as coisas, nevava todos os dias. Isso significava uma trilha mais fofa, maior atrito nas lâminas e tração mais pesada para os cães; no entanto, os condutores foram justos em tudo e fizeram o melhor pelos animais.

A cada noite, os cães eram cuidados primeiro. Comiam antes que os condutores comessem, e nenhum homem se retirava para o seu saco de dormir antes de cuidar dos pés dos cachorros que dirigia. Ainda assim, sua força diminuiu. Desde o início do inverno, haviam viajado quase três mil quilômetros, arrastando trenós por toda a cansativa distância; e essa distância percorrida diz muito sobre a vida dos mais resistentes. Buck aguentou firme, mantendo seus companheiros trabalhando e a disciplina à risca, embora também estivesse muito cansado. Billee chorava e resmungava constantemente durante o sono todas as noites. Joe estava mais azedo do que nunca e Sol-leks estava inacessível, tanto do lado cego como do outro.

Mas era Dave quem mais sofria. Algo estava errado com ele. Ele ficou mais quieto e irritado e, quando o acampamento foi montado, imediatamente fez seu ninho, onde o condutor o alimentou. Uma vez fora dos arreios e deitado, ele não se levantou novamente até a hora de colocar os arreios pela manhã. Às vezes, nas trilhas, ao ser sacudido por uma parada repentina do trenó, ou pelo esforço para dar a partida, gritava de dor. O condutor o examinou, mas não encontrou nada. Todos os condutores se interessaram por seu caso. Eles conversaram sobre ele na hora das refeições e durante suas últimas baforadas nos cachimbos antes de irem para a cama, e certa noite fizeram uma avaliação conjunta. Ele foi trazido de seu ninho para o fogo e pressionado e cutucado até gritar muitas vezes. Algo estava errado por dentro, mas eles não conseguiam localizar nenhum osso quebrado, não conseguiam decifrar o problema.

Quando o Bar Cassiar foi alcançado, ele estava tão fraco que caía repetidamente no meio das trilhas. O escocês parou e o tirou da equipe, fazendo com que o próximo cão, Sol-leks, fosse rápido para o trenó. Sua intenção era dar descanso a Dave, deixando-o correr livre atrás do trenó. Doente como estava, Dave se ressentia de ser levado para fora da matilha, grunhindo e rosnando enquanto os arreios eram soltos, e choramingou com o coração partido quando viu Sol-leks na posição que ele ocupava e na qual servira por tanto tempo. Pois o orgulho de trilhas e rastros era dele e, mesmo doente de morte, não suportava que outro cão fizesse seu trabalho.

Quando o trenó deu partida, ele se afundou na neve fofa ao longo da trilha batida, atacando Sol-leks com os dentes, avançando contra ele e tentando empurrá-lo para a lateral da trilha do outro lado, esforçando-se por saltar dentro de suas pegadas e se meter entre ele e o trenó, e o tempo todo gemendo, ganindo e chorando de tristeza e dor. O escocês tentou afastá-lo com o chicote; mas ele não deu atenção ao golpe dolorido, e o homem não teve coragem de bater com mais força. Dave se recusou a correr silenciosamente na trilha atrás do trenó, onde a caminhada era fácil, mas continuou a se debater na neve fofa, onde a caminhada era mais difícil, até ficar exausto. Então ele caiu e ficou deitado imóvel, uivando lugubremente enquanto a longa composição de trenós passava agitada.

Com o último resquício de força, ele conseguiu cambalear atrás até que a composição fizesse outra parada, quando ele passou pelos trenós e se dirigiu ao seu, onde parou ao lado de Sol-leks. Seu condutor demorou uns instantes para conseguir fogo para o cachimbo com o homem que estava no trenó de trás. Então ele voltou e movimentou seus cães. Eles seguiram pela trilha com notável falta de esforço, viraram a cabeça inquietos e pararam surpresos. O motorista também ficou surpreso; o trenó não se movia. Ele chamou seus camaradas para testemunhar a cena. Dave havia roído os dois arreios de Sol-leks e estava parado bem na frente do trenó em seu próprio lugar.

Ele implorava com os olhos para permanecer ali. O condutor ficou perplexo. Seus camaradas comentavam sobre como era possível um cachorro estar desesperado por terem lhe negado o trabalho que o estava matando, e relembraram casos que conheceram, em que cães, velhos demais para o trabalho ou feridos, morreram porque foram retirados dos trenós. Além disso, eles consideravam mantê-lo nos arreios como um ato de misericórdia, já que Dave estava para morrer de qualquer maneira, que ele então morresse nas trilhas, com o coração tranquilo e contente. Então ele foi amarrado novamente e orgulhosamente puxou como antigamente, embora mais de uma vez tenha gritado involuntariamente com a mordida de sua dor interna. Várias vezes ele caiu e foi arrastado pelos arreios, e uma vez o trenó passou por cima dele, deixando-o mancando com uma das patas traseiras.

Mas ele resistiu até que o acampamento foi alcançado, quando seu condutor reservou um lugar para ele perto do fogo. A manhã seguinte o encontrou muito fraco para viajar. Na hora de colocar os arreios, ele tentou rastejar até o seu condutor. Com um esforço convulsivo, ele se levantou, cambaleou e caiu novamente. Então ele abriu caminho lentamente em direção aos arreios, que estavam sendo colocados em seus companheiros. Ele avançava as patas dianteiras e arrastava o corpo para cima com uma espécie de movimento de engate e, quando avançava as patas dianteiras, ganhava mais alguns centímetros. Suas forças o abandonaram, e a última vez que seus companheiros o viram, ele estava deitado, ofegando na neve e ansiando por eles. Mas eles conseguiam ouvi-lo uivando pesarosamente até que sumiram de vista atrás de uma fileira de árvores à beira do rio.

Ali eles pararam a composição. O escocês lentamente refez seus passos até o acampamento que eles haviam deixado. Os homens pararam de conversar. Um tiro de revólver soou ao longe. O homem voltou apressado. Os chicotes estalaram, os sinos tilintaram alegremente, os trenós se agitaram ao longo da trilha; mas Buck sabia, e cada cachorro sabia, o que acontecera atrás daquela fileira de árvores à beira do rio.

# O trabalho de rastrear as trilhas

Trinta dias depois de deixar Dawson, o correio de Salt Water, com Buck e seus companheiros na dianteira, chegou a Skaguay. Eles estavam em um estado lastimável, desgastados e deprimidos. Os sessenta e quatro quilos de Buck haviam diminuído para pouco mais de cinquenta. O resto de seus companheiros, embora fossem cães mais leves, tinham perdido relativamente mais peso do que ele. Pike, o dissimulado, que em sua vida de engano muitas vezes fingira com sucesso uma perna machucada, agora estava mancando de verdade. Sol-leks também mancava e Dub sofria com uma omoplata torcida.

Todos estavam com os pés terrivelmente doloridos. Nenhuma flexibilidade ou sinal de recuperação podia ser encontrado neles. Seus pés caíram pesadamente na trilha, sacudindo seus corpos e dobrando o cansaço de um dia de viagem. Não havia nada de errado com eles, exceto que estavam mortos de cansaço. Não era um cansaço mortal devido a um esforço de curta duração e excessivo, para o qual a recuperação seria uma questão de algumas horas; mas era o cansaço mortal que vinha de um lento e prolongado desgaste de forças, gerado por meses de trabalho continuado. Não havia mais capacidade de recuperação, nenhuma força de reserva para utilizar. Tudo tinha sido usado, até o último pequeno pedaço de energia. Cada músculo, cada fibra, cada célula, estava cansado, morto de cansaço. E havia uma razão para isso. Em menos de cinco meses eles haviam viajado quatro mil quilômetros, e nos últimos três mil percorridos, tiveram apenas cinco dias de descanso. Quando chegaram a Skaguay, estavam aparentemente em seus últimos esforços. Eles mal conseguiam manter os arreios esticados e nos declives mais leves, mal conseguiam se manter fora do caminho do trenó.

– Vamos em frente, pés doloridos – o motorista os encorajou enquanto eles cambaleavam pela rua principal de Skaguay.

– Esse é o último. Depois teremos um descanso bem longo. Hein? Com certeza. Um folgado e longo descanso.

Os condutores esperavam confiantes por uma longa parada. Eles próprios haviam percorrido quase dois mil quilômetros com dois dias de descanso e, baseados na razão e no senso comum de justiça, mereciam um intervalo de descanso. Mas tantos eram os homens que acorreram para o Klondike, e tantos eram as namoradas, as esposas e os parentes que não os tinham acompanhado, que a malha dos correios estava totalmente congestionada, e assumia proporções alpinas; além disso, havia ordens oficiais a cumprir. Novos lotes de cães da baía de Hudson deveriam ocupar o lugar daqueles que não conseguissem render na trilha. Os inúteis deveriam ser eliminados e, como os cães valiam pouco em relação ao dinheiro, deveriam ser vendidos.

Três dias se passaram, quando Buck e seus companheiros descobriram o quanto estavam realmente cansados e fracos. Então, na manhã do quarto dia, dois homens dos Estados Unidos vieram e os compraram, com arreios e tudo, por uma ninharia. Os homens se dirigiam um ao outro como Hal e Charles. Charles era um homem de meia-idade, de cor clara, com olhos fracos e lacrimejantes e um bigode que se torcia com força e vigor para cima, disfarçando o lábio flácido e caído que pretendia esconder. Hal era um jovem de dezenove ou vinte anos, com um grande revólver Colt e uma faca de caça presa em um cinto cheio de cartuchos. Este cinto era a coisa mais evidente nele. Anunciava sua insensibilidade, uma insensibilidade absoluta e inexprimível. Ambos os tipos estavam claramente deslocados ali, e por que razão eles decidiram se aventurar pelo Norte é parte do mistério das coisas que ultrapassam a compreensão.

Buck ouviu a barganha, viu o dinheiro passar entre o homem e o agente do governo e soube que o escocês e os maquinistas do trem postal estavam morrendo na esteira de Perrault e François e dos outros que haviam partido antes. Quando conduzido com seus companheiros para o acampamento dos novos proprietários, Buck viu um caso de desleixo e displicência: a tenda meio esticada, os pratos sujos, tudo em desordem; ele viu também uma mulher. Mercedes, os homens a chamavam. Ela era a esposa de Charles e irmã de Hal, um belo grupo familiar.

Buck observou-os apreensivo enquanto desmontavam a barraca e carregavam o trenó. Houve um grande esforço em seus movimentos, mas nenhum método prático. A tenda foi enrolada em um pacote estranho, três vezes maior do que deveria ser. Os pratos de lata foram embrulhados sem lavar. Mercedes se agitava sem parar no meio do caminho entre os homens e mantinha uma tagarelice ininterrupta de protestos e conselhos. Quando colocaram um saco de roupas na frente do trenó, ela sugeriu que fosse ajeitado na parte de trás; e quando eles o colocaram atrás e o cobriram com alguns outros embrulhos, ela encontrou artigos esquecidos que não poderiam ficar em nenhum outro lugar a não ser naquele único saco, e eles descarregaram tudo novamente.

Três homens de uma tenda vizinha saíram e olharam, sorrindo e piscando uns para os outros.

– Você conseguiu organizar a carga de modo inteligente do jeito que está –, disse um deles –; não sou eu quem deveria dizer como fazer o seu trabalho, mas eu não empilharia aquela barraca desse jeito, se fosse você.

– Nem em sonho! – gritou Mercedes, erguendo as mãos em delicada consternação. – Como eu poderia viver sem uma barraca?

– É primavera e você não terá mais tempo frio – respondeu o homem.

Ela balançou a cabeça decididamente, e Charles e Hal colocaram as últimas quinquilharias no topo da carga montanhosa.

– Acha que vai dar para deslizar? – um dos homens perguntou.

– Por que não deveria? – Charles respondeu um tanto ríspido.

– Ah, está bem, está bem –, o homem se apressou humildemente a dizer. – Eu estava só surpreso, só isso. Parecia muito pesado em cima.

Charles deu as costas e puxou as amarras o melhor que pôde, mas o resultado não ficou muito bom.

– E é claro que os cães podem caminhar o dia todo com aquela engenhoca atrás deles – afirmou o segundo dos homens.

– Certamente – disse Hal, com polidez congelante, segurando o bastão de manobra com uma das mãos e balançando o chicote com a outra.

– Mush! – ele gritou –, mush, avante!

Os cachorros pularam contra as faixas peitorais, forçaram bastante por alguns instantes e depois relaxaram. Eles não conseguiram mover o trenó.

– Esses brutamontes preguiçosos, vou mostrar a eles –, gritou, preparando-se para atacá-los com o chicote.

Mas Mercedes interferiu, gritando:

– Hal, você não deveria fazer isso – enquanto segurava o chicote e o arrancava dele. – Pobres coitados! Agora você vai prometer que não será estúpido com eles pelo resto da viagem, ou não darei um passo adiante.

– Até parece que você entende de cachorros – zombou o irmão –; e eu gostaria que você me deixasse em paz. Eles são preguiçosos, eu lhe digo, e você tem que chicoteá-los para conseguir alguma coisa. Esse é o jeito deles. Pode perguntar a qualquer um. Pergunte para um daqueles homens.

Mercedes olhou para eles suplicante, uma repugnância indescritível com a visão da dor estampada em seu lindo rosto.

– Eles estão fracos como a água, se você quer saber – foi a resposta de um dos homens. – Estão esgotados, esse é o problema. Precisam de um descanso.

– Descanso, droga nenhuma – disse Hal, com seus lábios imberbes.

Mercedes disse:

– Ah! – em dor e tristeza pelo julgamento.

Mas ela era uma criatura daquele clã e correu imediatamente em defesa do irmão.

– Esqueça aquele homem – disse ela incisivamente. – Você está conduzindo os nossos cães e faça o que achar melhor com eles.

Mais uma vez, o chicote de Hal estalou sobre os cães. Eles se jogaram contra as faixas peitorais, cravaram os pés na neve compactada, se agacharam e aplicaram todas as suas forças. O trenó estava imóvel, como se fosse uma âncora. Depois de duas tentativas, eles pararam, ofegantes. O chicote assobiava de modo selvagem, quando mais uma vez Mercedes interferiu. Ela se ajoelhou diante de Buck, com lágrimas nos olhos, e colocou os braços em volta do pescoço dele.

– Pobres queridos – gritou ela com simpatia –, por que não puxam com força? Então não seriam mais chicoteados.

Buck não gostava dela, mas estava se sentindo muito infeliz para resistir àquele pedido, aceitando isso como parte do péssimo dia de trabalho.

Um dos espectadores, que estava cerrando os dentes para manter sua boca fechada, falou:

– Não que eu me importe com o que vai acontecer com você, mas pelo bem desses cães, eu só quero sugerir que você os ajude, soltando as lâminas do trenó do gelo. Aquelas lâminas congelaram rapidamente. Jogue seu peso contra o bastão de manobras, para a direita e para a esquerda para soltar o trenó congelado.

A terceira tentativa foi feita, mas desta vez, seguindo o conselho, Hal soltou as lâminas que estavam congeladas na neve. O trenó sobrecarregado e desequilibrado seguiu em frente, Buck e seus companheiros lutando freneticamente sob a chuva de golpes. Cem metros à frente, o caminho fez uma curva e se inclinou abruptamente para a rua principal. Seria necessário um homem muito experiente para manter o trenó pesado na posição vertical, e Hal não era esse homem. Ao fazer a curva o trenó tombou, espalhando metade da carga pelas amarrações soltas. Os cães não pararam. O trenó, aliviado do seu peso, saltou de lado atrás deles. Eles estavam com raiva por causa dos maus tratos que receberam e da carga injusta. Buck estava furioso. Ele começou a correr, a equipe seguindo sua liderança. Hal gritou:

– Oaaa! Oaaa! – mas eles não deram atenção. Ele se desequilibrou e foi direto para o chão. O trenó emborcou-se sobre ele e os cães dispararam rua acima, aumentando a alegria de Skaguay ao espalhar o resto das roupas ao longo de sua via principal.

Cidadãos de bom coração pegaram os cachorros e juntaram os pertences espalhados. Além disso, eles deram conselhos. Metade da carga e o dobro de cães, se é que algum dia esperavam chegar a Dawson, foi o que eles disseram. Hal, sua irmã e seu cunhado ouviram de má vontade, amarraram a barraca e ajeitaram de novo as roupas. No meio da carga apareceram vários enlatados, fazendo os homens ao redor rirem muito, pois enlatados na Long Trail era uma ideia para lunáticos inexperientes.

– Eles têm cobertores suficientes para um hotel – disse um dos homens que riu, mas os ajudou. – Metade disso já seria demais; livrem-se deles. Joguem fora aquela barraca e todos aqueles pratos, quem vai lavá-los, afinal? Meu Deus, você acha que está viajando em um vagão Pullman?

E assim prosseguiu a eliminação necessária do supérfluo. Mercedes chorou quando suas sacolas de roupas foram jogadas no chão e artigo após artigo foram retirados. Ela chorava por tudo habitualmente, e chorou em particular por cada coisa descartada. Ela apertou as mãos sobre os joelhos, balançando para frente e para trás com o coração partido. Ela afirmou que não avançaria um centímetro, nem por uma dúzia de Charles. Ela apelou a todos e a tudo, finalmente enxugando os olhos e passando a jogar fora até mesmo as peças de vestuário que eram de necessidade imperativa. E em seu zelo, quando acabou com os seus, atacou os pertences dos homens e passou por eles como um furacão.

Feito isso, a roupa, embora reduzida pela metade, ainda era uma carga formidável. Charles e Hal saíram à noite e compraram seis cachorros de fora. Estes, somados aos seis da equipe original, e Teek e Koona, os huskies comprados no Rink Rapids na viagem recorde, elevaram a equipe para quatorze. Mas os cães de fora, embora praticamente quebrados desde a chegada, não acrescentaram muito à matilha. Três eram pointers de pelo curto, um era newfoundland e os outros dois eram vira-latas de raça indeterminada. Eles pareciam não saber de nada, esses recém-chegados. Buck e seus camaradas olharam para eles com repulsa e, embora ele rapidamente lhes ensinasse seus lugares e o que não fazer, não podia ensiná-los o que fazer. Eles não gostavam de rastrear nas trilhas. Com exceção dos dois vira-latas, ficaram perplexos e com o espírito abatido pelo ambiente estranho e selvagem em que se encontravam e pelos maus-tratos que haviam recebido. Os dois vira-latas não tinham espírito algum; os ossos eram as únicas coisas quebráveis neles.

Com os recém-chegados desesperançados e desamparados, e a velha equipe exaurida por dois mil e quinhentos quilômetros de trilha contínua, as perspectivas eram tudo menos brilhantes. Os dois homens, entretanto, estavam bastante animados. E estavam também orgulhosos, fazendo a travessia com estilo, com quatorze cães. Já tinham visto outros trenós partindo do Passo para Dawson, ou vindo de Dawson, mas nunca tinham visto um com quatorze cães. Nesse tipo de viagem ao Ártico havia uma razão pela qual quatorze cães não deviam arrastar um trenó, e era porque esse trenó não conseguiria carregar a comida de quatorze cães. Mas Charles e Hal não sabiam disso. Eles planejaram a viagem com um lápis, um tanto para cada cachorro, tantos cachorros, tantos dias, C.Q.D.[3] Mercedes olhou por cima dos ombros e acenou com a cabeça como se concordasse com a matemática, era tudo muito simples.

No final da manhã seguinte, Buck liderou a longa equipe rua acima. Não havia nada de animador naquilo, nenhum estalo ou gozo nele ou em seus companheiros. Eles estavam começando a se cansar de verdade. Quatro vezes ele havia percorrido a distância entre Salt Water e Dawson, e saber que estava enfrentando a mesma trilha mais uma vez, exausto e cansado, o deixou amargurado. Seu coração não estava no trabalho, nem o coração de nenhum dos cachorros. Os de fora estavam tímidos e assustados, os de dentro sem confiança em seus condutores.

Buck sentia vagamente que não havia como depender desses dois homens e da mulher. Eles não sabiam fazer nada e, com o passar dos dias, tornou-se evidente que não conseguiriam aprender. Eles eram frouxos em todas as tarefas, sem ordem ou disciplina. Levaram metade da noite para

[3] Abreviação da expressão latina "*Quod erat demonstrandum*", que significa em português "Como Queríamos Demonstrar". (N.T.)

armar um acampamento desleixado, e metade da manhã para desmontá--lo e carregar o trenó, de maneira tão desleixada que pelo resto do dia se ocuparam em parar para reorganizar a carga. Em alguns dias eles não faziam nem doze quilômetros. Em outros dias, eles não conseguiram nem sair para a trilha. E em nenhum dia eles conseguiram percorrer mais da metade da distância usada pelos homens como base em seus cálculos para a comida dos cachorros.

Era inevitável que os animais ficassem sem comida. Mas eles aceleraram o processo com a superalimentação, trazendo mais perto o dia em que o racionamento começaria. Os cães de fora, cujas digestões não haviam sido treinadas pela fome crônica para aproveitar ao máximo o pouco ingerido, tinham apetites vorazes. E quando, além disso, os exaustos huskies puxavam sem tanta força, Hal decidiu que a ração regular era muito pouca. Ele dobrou as quantidades. E para coroar tudo, quando Mercedes, com lágrimas em seus lindos olhos e um tremor na garganta, não conseguiu persuadi-lo a dar ainda mais aos cachorros, ela roubou os sacos de peixes e os alimentou sem nenhuma malícia. Mas não era de comida que Buck e os huskies precisavam, mas sim de descanso. E embora estivessem perdendo tempo, a carga pesada que arrastavam minava suas forças severamente.

Então chegou a hora do racionamento. Hal acordou um dia para o fato de que a comida para os cães estava pela metade, e a distância coberta era de apenas um quarto; além disso, viu que nem por amor ou por muito dinheiro, qualquer ração adicional poderia ser comprada ao longo da trilha. Então, ele cortou até a ração regular e tentou aumentar o percurso de cada dia. Sua irmã e cunhado o apoiaram; mas estavam frustrados com sua roupa pesada e sua própria incompetência. Era uma decisão simples dar menos comida aos cães; mas era impossível fazer os cães viajarem mais rápido, ao passo que sua própria incapacidade de se adiantar no início das manhãs os impedia de viajar por jornadas prolongadas. Eles não apenas não sabiam como trabalhar os cães, mas também não sabiam como trabalhar eles próprios.

O primeiro a partir foi Dub. Pobre ladrão desajeitado que era, sempre sendo pego e punido, não deixava de ser um trabalhador fiel. Sua omoplata torcida, sem tratamento e sem descanso, foi de mal a pior, até que finalmente Hal atirou nele com o grande revólver Colt. Há um ditado no país que diz que um cão de fora morre de fome com a ração de um husky, de modo que os seis cães de fora sob o comando de Buck não podiam fazer menos do que morrer com a ração pela metade que estavam recebendo. O Terra Nova foi o primeiro, seguido pelos três pointers de pelo curto, os dois vira-latas se agarrando com mais firmeza à vida, mas também partindo no final.

A essa altura, todas as amenidades e gentilezas das terras do Sul haviam desaparecido das três pessoas. Despojada de seu glamour e romance, a viagem ao Ártico tornou-se para eles uma realidade muito dura para sua masculinidade e feminilidade. Mercedes parou de chorar por causa dos cachorros, ocupada demais em chorar por si mesma e em brigar com o marido e o irmão. Brigar era a única coisa que eles nunca se cansavam de fazer. Sua irritabilidade surgia de sua infelicidade, aumentava com ela, se dobrava sobre ela, superando-a. A maravilhosa paciência da trilha, que vem para os homens que labutam muito e sofrem suas dores, e permanecem doces e gentis na fala, não chegou para esses dois homens e para a mulher. Eles não tinham noção da necessidade de tal paciência. Eles estavam rígidos e com dor; seus músculos doíam, seus ossos doíam, seus próprios corações doíam; e por causa disso eles falavam com a língua mais afiada, e as palavras duras já estavam em seus lábios logo pela manhã e permaneciam até o fim da noite.

Charles e Hal brigavam sempre que Mercedes dava uma chance. Cada um acreditava que fazia mais do que a sua parte no trabalho, e nenhum dos dois se privava de expressar essa crença em cada oportunidade. Às vezes, Mercedes ficava do lado do marido, às vezes do irmão. O resultado era uma bela e interminável briga de família. Partindo de uma disputa sobre quem deveria cortar alguns gravetos para o fogo (uma disputa que dizia respeito apenas a Charles e Hal), seria invariavelmente arrastado para o conflito o resto da família, pais, mães, tios, primos, pessoas a milhares de quilômetros de distância, alguns deles já mortos. Que os pontos de vista de Hal sobre arte, ou o tipo de teatro social que o irmão de sua mãe escreveu, devam ter algo a ver com o corte de alguns gravetos de lenha, é algo que vai além da compreensão; no entanto, era provável que a disputa tendesse tanto para essa direção quanto para os preconceitos políticos de Charles. E, em que medida a língua fofoqueira da irmã de Charles seria relevante para a construção de uma fogueira no Yukon, era evidente apenas para Mercedes, que se desmanchava em diversas opiniões sobre o assunto e, eventualmente, sobre qualquer outro traço característico da família de seu marido. Nesse ínterim, o fogo permanecia sem ser aceso, o acampamento acabado pela metade e os cães sem comida.

Mercedes nutria um ressentimento especial, o ressentimento de gênero. Ela era bonita e meiga, e havia sido tratada com cavalheirismo todos os seus dias. Mas o tratamento atualmente dispensado por seu marido e irmão era tudo, menos cavalheiresco. Era seu costume mostrar-se indefesa. Eles reclamavam. Após esse impedimento do que, para ela, era sua prerrogativa de gênero mais essencial, ela tornava a vida deles insuportável. Ela não considerava mais os cães e, por estar dolorida e cansada, insistia em viajar sobre o trenó. Ela era bonita e delicada, mas pesava cinquenta e cinco quilos, a gota d'água que faltava para entornar a carga arrastada pelos animais fracos e famintos. Ela viajou assim por dias, até que eles caíram na pista e o trenó parou. Charles e Hal imploraram para que ela descesse e andasse, imploraram, suplicaram, enquanto ela chorava e importunava os céus com uma narrativa sobre a brutalidade de ambos.

Certa ocasião, eles a retiraram do trenó à força. E nunca mais fizeram isso. Ela deixou as pernas amolecerem como uma criança mimada e sentou-se na trilha. Eles seguiram seu caminho, mas ela não se mexeu. Depois de viajarem cinco quilômetros, descarregaram o trenó, voltaram para buscá-la e, com força braçal, colocaram-na de novo no trenó.

No excesso de sua própria infelicidade, eles eram insensíveis ao sofrimento de seus animais. A teoria de Hal, que ele praticava com os outros, era que é preciso endurecer. Ele começou pregando para sua irmã e seu cunhado. Falhando ali, martelou nos cães com um porrete. No Five Fingers, a comida de cachorro acabou e uma indígena, sem os dentes na boca, se ofereceu para trocar alguns quilos de couro de cavalo congelado pelo revólver Colt que fazia companhia para a faca de caça na cintura de Hal. Um péssimo substituto para a comida era esse couro, exatamente porque fora arrancado de cavalos famintos dos criadores de gado seis meses antes. Em seu estado de congelamento, eram mais como tiras de ferro galvanizado e, quando um cachorro os enfiava em seu estômago, ele se desmanchava em finas e pouco nutritivas cordas de couro e em uma massa de pelo curto, irritante e indigesto.

Enquanto isso, Buck cambaleava à frente da equipe como se estivesse em um pesadelo. Ele puxava quando conseguia; quando não podia mais puxar, caía e permanecia no chão até que os golpes de chicote ou de porrete o colocassem de pé novamente. Toda a firmeza e brilho haviam desaparecido de seu belo casaco peludo. Os pelos pendiam, moles e desgrenhados, ou emaranhados com sangue seco onde o porrete de Hal o tinha machucado. Seus músculos haviam murchado para uns fios nodosos, e as almofadas de carne tinham desaparecido, de modo que cada costela e cada osso em seu corpo eram delineados de forma limpa através da pele solta que estava enrugada em dobras vazias. Era de partir o coração, só que o coração de Buck era inquebrável. O homem de suéter vermelho tinha provado isso.

Assim era com Buck, assim era com seus amigos, esqueletos perambulantes. Havia sobrado sete ao todo, incluindo ele. Em seu grande infortúnio, eles se tornaram insensíveis ao estalar do chicote ou ao ferimento do porrete. A dor da surra era monótona e distante, assim como as coisas que seus olhos viam e seus ouvidos ouviam pareciam opacas e distantes. Eles não estavam meio vivos, nem um quarto vivos. Eles eram simplesmente uns tantos sacos de ossos, nos quais faíscas de vida tremulavam fracamente. Quando havia uma parada, caíam nas trilhas como cães mortos, e a faísca diminuía e empalidecia e parecia que estava prestes a se apagar. E quando o porrete ou o chicote caíam sobre eles, a faísca tremulava debilmente, e eles cambaleavam e seguiam adiante.

Chegou o dia em que Billee, o bem-humorado, caiu e não conseguiu se levantar. Hal tinha trocado seu revólver, então pegou o machado e bateu na cabeça de Billee enquanto ele estava caído, depois cortou a carcaça para fora dos arreios e a arrastou para o lado. Buck viu, e seus companheiros viram, e eles sabiam que aquele fim estava muito perto de todos deles. No dia seguinte foi a vez de Koona, e apenas cinco deles permaneceram: Joe, muito debilitado para oferecer qualquer perigo; Pike, aleijado e mancando, apenas semiconsciente e incapaz o suficiente para ser dissimulado; Sol-leks, o caolho, ainda fiel à labuta de rastrear as trilhas e triste por ter tão pouca força para puxar; Teek, que não tinha viajado tanto naquele inverno e que agora era mais espancado do que os outros porque estava mais revigorado; e Buck, ainda à frente da equipe, mas não mais impondo disciplina ou se esforçando para aplicá-la, cego pela fraqueza na metade do tempo e mantendo o rastro por aproximação e pelo tato de seus pés.

Fazia um lindo dia de primavera, mas nem os cães nem os humanos sabiam disso. Cada dia o sol nascia mais cedo e se punha mais tarde. O amanhecer vinha por volta das três da madrugada e o crepúsculo durava até nove da noite. Todo o longo dia corria sob os raios de sol. O silêncio fantasmagórico do inverno dera lugar ao grande murmúrio primaveril do despertar da vida. Este murmúrio brotava de toda a terra, carregado com a alegria de viver. Vinha das coisas que viviam e tornavam a se mover, coisas que estiveram mortas e que não se moveram durante os longos meses antes do descongelamento. A seiva estava subindo nos pinheiros. Os salgueiros e choupos estavam explodindo em botões novos. Arbustos e trepadeiras cobertos de folhagens verdes frescas. Os grilos cantavam à noite, e durante os dias todo tipo de coisas sorrateiras e rastejantes procuravam um lugar ao sol. Perdizes e pica-paus faziam barulho e batiam na floresta. Esquilos tagarelavam, pássaros cantavam e lá no alto grasnavam as aves selvagens que vinham do sul em cunhas habilidosas que cortavam o ar.

De cada encosta de colina vinha um fio de água corrente, a música de fontes invisíveis. Todas as coisas estavam derretendo, dobrando, estalando. O Yukon se esforçava para quebrar o gelo que o prendia. Ele o comia por baixo; o sol comia por cima. Buracos de ar se formavam, fissuras surgiam e se espalhavam, enquanto finas seções de gelo caíam estrondosamente no rio. E em meio a toda essa explosão, dilaceração e palpitação do despertar da vida, sob o sol escaldante e através das brisas suspirando suaves, como andarilhos em direção à morte, cambaleavam os dois homens, a mulher e os huskies.

Com os cachorros caindo, Mercedes chorando e deslizando sobre o trenó, Hal praguejando inutilmente e os olhos de Charles lacrimejando, eles cambalearam até o acampamento de John Thornton na foz do rio White. Quando pararam, os cães caíram como se todos tivessem morrido. Mercedes secou os olhos e olhou para John Thornton. Charles sentou-se em um tronco para descansar. Ele sentou-se muito lenta e dolorosamente devido à sua grande rigidez muscular. Hal falou. John Thornton estava entalhando os últimos retoques em um cabo de machado que fizera com um galho de bétula. Ele esculpia e ouvia, dava respostas monossilábicas e, quando perguntado, conselhos concisos. Ele conhecia aquele tipo de gente e deu conselhos, na certeza de que não seriam seguidos.

– Eles nos disseram lá em cima que o fundo da trilha estava cedendo e que a melhor coisa a fazer era parar – disse Hal em resposta à advertência de Thornton para não correr mais riscos no gelo derretido. – Eles nos disseram que não iríamos chegar a White River, e aqui estamos.

Essa última fala tinha um tom zombeteiro de triunfo.

– E eles te disseram a verdade – respondeu John Thornton. – É provável que o fundo desapareça a qualquer momento. Apenas os tolos, com a sorte cega dos tolos, poderiam ter feito isso. Vou te dizer francamente, eu não arriscaria minha carcaça naquele gelo por todo o ouro do Alasca.

– Isso é porque você não é um tolo, suponho – disse Hal. – Mesmo assim, iremos para Dawson –, disse ele desenrolando o chicote. – Sobe aí, Buck! Oi! Suba aí! Mush, avante!

Thornton continuou a talhar. Era inútil, ele sabia, ficar entre um tolo e sua loucura; de qualquer maneira, dois ou três tolos a mais ou a menos não alterariam a ordem das coisas.

Mas a equipe não se levantou ao comando. Há muito havia passado o estágio em que eram necessários golpes para despertá-los. O chicote disparou, aqui e ali, em seus comandos impiedosos. John Thornton comprimiu os lábios. Sol-leks foi o primeiro a se levantar lentamente. Teek o seguiu. Joe veio em seguida, gritando de dor. Pike fez esforços dolorosos. Duas vezes ele caiu, quando meio erguido, e na terceira tentativa conseguiu se levantar. Buck não fez nenhum esforço. Ele ficou quieto onde havia caído.

O chicote o atingiu novamente e novamente, mas ele não gemeu nem lutou. Várias vezes Thornton se moveu, como se fosse falar, mas mudou de ideia. Uma umidade inundou seus olhos e, à medida que as chicotadas continuavam, ele se levantou e caminhou hesitante para cima e para baixo.

Essa foi a primeira vez que Buck falhou, o que já era uma razão suficiente para deixar Hal furioso. Ele trocou o chicote pelo porrete habitual. Buck recusava se mover sob a chuva de golpes mais fortes que agora caíam sobre ele. Assim como seus companheiros, mal conseguia se levantar, mas, ao contrário deles, havia decidido não o fazer. Ele tinha uma vaga sensação de desgraça iminente. Teve essa mesma sensação forte quando puxou o trenó para a margem, e não conseguiu se afastar dele. E quanto ao gelo fino e carcomido que sentira sob os pés o dia todo, parecia pressentir o desastre iminente logo à frente, no gelo para onde seu mestre tentava conduzi-lo. Ele se recusou a se mexer. Já havia sofrido tanto, e estava tão longe, que os golpes não doeram tanto. E enquanto continuavam a cair sobre ele, sua centelha de vida interior tremulou e diminuiu. Estava quase apagada. Ele se sentiu estranhamente entorpecido. Como se estivesse muito longe, percebeu que estava sendo espancado. As últimas sensações de dor o deixaram. Não sentia mais nada, embora muito fracamente pudesse ouvir o impacto da clava em seu corpo. Mas não era mais seu corpo, parecia tão distante.

E então, de repente, sem aviso, dando um grito inarticulado e mais parecido com o grito de um animal, John Thornton saltou sobre o homem que empunhava o porrete. Hal foi arremessado para trás, como se atingido pela queda de uma árvore. Mercedes gritou. Charles olhou melancolicamente, enxugou os olhos lacrimejantes, mas não se levantou por causa da rigidez.

John Thornton estava parado perto de Buck, lutando para se controlar, muito convulsionado pela raiva para falar.

– Se você bater naquele cachorro de novo, eu mato você – ele finalmente conseguiu dizer com a voz sufocada.

– É meu cachorro – Hal respondeu, limpando o sangue da boca ao voltar. – Saia do meu caminho, ou eu acabo com você. Estou indo para Dawson.

Thornton se interpôs entre ele e Buck e não demonstrou intenção de sair do caminho. Hal sacou sua longa faca de caça. Mercedes gritou, chorou, riu e manifestou o abandono caótico da histeria. Thornton bateu nos nós dos dedos de Hal com o cabo do machado, derrubando a faca no chão. Ele acertou seus dedos novamente quando Hal tentou pegá-la. Então ele se abaixou, pegou a faca ele mesmo e com dois golpes cortou as correias de Buck.

Hal não esboçou nenhuma reação. Além disso, suas mãos estavam ocupadas com a irmã, ou melhor, seus braços; enquanto Buck estava muito próximo da morte para ser útil no transporte do trenó. Poucos minutos depois, eles saíram da margem e desceram o rio. Buck os ouviu partir e ergueu a cabeça para ver: Pike liderava, Sol-leks ao volante e Joe e Teek entre eles. Eles estavam mancando e cambaleando. Mercedes estava sobre o trenó carregado. Hal guiava com o bastão de manobras, e Charles tropeçava na retaguarda.

Enquanto Buck os observava, Thornton se ajoelhou ao lado dele e com mãos rudes e gentis procurou por ossos quebrados. No momento em que seu exame revelou nada além de muitos hematomas e um estado de terrível desnutrição, o trenó estava a quatrocentos metros de distância. Cão e homem o observaram rastejando sobre o gelo. De repente, eles viram sua extremidade traseira cair, como em uma fenda no gelo, e o bastão de manobras, com Hal agarrado a ele, saltou no ar. O grito de Mercedes chegou aos seus ouvidos. Eles viram Charles se virar e dar um passo para voltar correndo, e então uma seção inteira de gelo cedeu e cães e humanos desapareceram. Um buraco aberto era tudo o que se via. O gelo do fundo da trilha tinha rompido.

John Thornton e Buck se entreolharam.

– Pobre diabo – disse John Thornton, e Buck lambeu sua mão.

# Pelo amor de um homem

Quando John Thornton congelou os pés no dezembro anterior, seus parceiros o deixaram confortavelmente instalado para se recuperar, seguindo na subida do rio para pegar uma jangada de toras de madeira para Dawson. Ele ainda estava mancando um pouco na época em que resgatou Buck, mas com o tempo quente mais firme, seus passos voltaram a firmar sem mancar. E ali, deitado na margem do rio durante os longos dias de primavera, observando a água correndo, ouvindo preguiçosamente o canto dos pássaros e o zumbido da natureza, Buck aos poucos recuperou as forças.

O descanso foi muito bem-vindo depois de se ter viajado cinco mil quilômetros, e pode-se confessar que Buck ficou preguiçoso enquanto suas feridas cicatrizavam, seus músculos inchavam e a carne voltava a cobrir seus ossos. Por falar nisso, eles estavam todos vadiando, Buck, John Thornton e Skeet e Nig, esperando que viesse a jangada que os levaria até Dawson. Skeet era uma pequena setter irlandês que logo fez amizade com Buck, que, em estado de quase morte, não conseguira se ressentir de sua aproximação inicial. Ela tinha o senso médico que alguns cães possuem; e como uma gata lambe seus gatinhos, ela lavava e limpava as feridas de Buck. Regularmente, todas as manhãs depois que ele terminava o café, ela realizava sua tarefa voluntariamente, até que ele viesse pedir seus cuidados tanto quanto procurava por Thornton. Nig, igualmente amigável, embora menos expressivo, era um enorme cachorro preto, meio cão galgo-escocês e meio cão de caça, com olhos que pareciam sorrir uma bondade sem limites.

Para surpresa de Buck, esses cães não manifestavam ciúme dele. Eles pareciam compartilhar a bondade e a grandeza de John Thornton. À medida que Buck ficava mais forte, eles o chamavam para todos os tipos de brincadeiras ridículas, nas quais o próprio Thornton não podia deixar de participar; e, dessa forma, Buck avançava de sua convalescença para uma nova existência. Amor, amor genuíno e apaixonado foi sentido por ele pela primeira vez. Isso ele nunca experimentara na casa do juiz Miller, no vale ensolarado de Santa Clara. Com os filhos do juiz, caçando e vagando, estabelecera uma parceria de trabalho; com os netos do Juiz, uma espécie de guarda pomposa; e com o próprio Juiz, uma amizade majestosa e digna. Mas o amor que era febril e ardente, isso era adoração, isso era loucura, precisou de John Thornton para despertar.

Esse homem salvara sua vida, o que era algo; mas, além disso, ele era o líder ideal. Outros homens cuidavam do bem-estar de seus cães por um senso de dever e conveniência nos negócios; ele cuidava do seu bem-estar como se fossem seus próprios filhos, porque não podia agir diferente. E enxergava mais longe. Thornton nunca esquecia uma saudação gentil ou uma palavra de encorajamento, e sentar-se para uma longa conversa com eles ("tagarelice", ele chamava) era tanto seu deleite quanto o deles. Ele tinha um jeito de segurar a cabeça de Buck entre as mãos firmes e apoiar a sua sobre a de Buck, sacudindo-o para frente e para trás, enquanto o xingava por nomes que para Buck eram palavras de amor. Buck não conhecia alegria maior do que aquele abraço duro e o som de xingamentos murmurados, e a cada empurrão para a frente e para trás parecia que seu coração seria arrancado do peito, tão grande era sua alegria. E quando era solto, se levantava de um salto, a boca rindo, os olhos brilhantes, a garganta vibrando com som não pronunciado, e dessa forma permanecia sem movimento, John Thornton exclamava reverentemente:

– Deus! Só falta você falar!

Buck tinha um truque, uma expressão de amor que o fazia parecer magoado. Ele frequentemente pegava a mão de Thornton em sua boca e fechava com tanta força que a carne ficava marcada com seus dentes por algum tempo. E como Buck entendia os xingamentos como se fossem palavras de amor, o homem entendia essa mordida fingida como uma carícia.

Na maior parte do tempo, porém, o amor de Buck era expresso em adoração. Embora ele enlouquecesse de felicidade quando Thornton o tocava ou falava com ele, não buscava essa ligação. Ao contrário de Skeet, que costumava enfiar o nariz na mão de Thornton e cutucar e cutucar até ser acariciada, ou Nig, que se aproximava e descansava sua grande cabeça no joelho de Thornton, Buck se contentava em adorar à distância. Ficava deitado por horas, ansioso, alerta, aos pés de Thornton, olhando para seu rosto, pensando nele, estudando-o, acompanhando com o mais vivo interesse cada expressão fugaz, cada movimento ou mudança de feição. Ou, por acaso, ele se deitava mais longe, ao lado ou atrás, observando os contornos do homem e os movimentos ocasionais de seu corpo. E muitas vezes, tal era a comunhão em que viviam, a força do olhar de Buck atraía a cabeça de John Thornton e ele retribuía o olhar, sem falar, com o coração brilhando em seus olhos, como o coração de Buck brilhava.

Por muito tempo depois de seu resgate, Buck não gostava que Thornton saísse de seu campo de visão. Do instante em que ele saía da tenda até quando ele entrasse novamente, Buck o seguia. Seus donos temporários, desde que chegara às Terras do Norte, criaram nele o medo de que nenhum deles pudesse ser permanente. Ele temia que Thornton morresse como Perrault, François e o escocês haviam desaparecido de sua vida. Mesmo à noite, em seus sonhos, era assombrado por esse medo. Nessas horas, espantava o sono e rastejava pelo frio até a aba da tenda, onde ficava e ouvia o som da respiração de seu mestre.

Mas, apesar desse grande amor que nutria por John Thornton, que parecia indicar uma suave influência civilizadora, a tensão do primitivo que a Terra do Norte havia despertado nele, permanecia viva e alerta. Fidelidade e devoção, coisas nascidas do fogo e do abrigo, estavam presentes; no entanto, manteve sua impetuosidade e astúcia. Ele era uma criatura selvagem, vinda da natureza para se sentar perto da fogueira de John Thornton, em vez de um cão do macio das terras do Sul, carimbado com as marcas de gerações de civilização. Por causa de seu grande amor, ele não podia roubar deste homem; mas de qualquer outro homem, em qualquer outro campo, não hesitaria nem um instante; enquanto a astúcia com que ele roubasse, permitisse que fosse escapar sem ser descoberto.

Seu rosto e corpo foram marcados pelos dentes de muitos cães, e ele lutava com a ferocidade de sempre e com mais astúcia. Skeet e Nig eram muito bem-humorados para brigar, além disso, pertenciam a John Thornton; mas qualquer cão estranho, não importando a raça ou valor, rapidamente reconhecia a supremacia de Buck ou se veria obrigado a lutar pela vida com um terrível oponente. E Buck era impiedoso. Ele havia aprendido bem a lei do porrete e das presas, e nunca renunciava a uma vantagem ou recuava de um inimigo que havia combatido no caminho para a Morte. Ele havia aprendido com Spitz e com o chefe dos cães de combate da polícia e do correio, e sabia que não havia meio-termo. Ele deveria dominar ou ser dominado; ao passo que mostrar misericórdia era uma fraqueza. A misericórdia não existia na vida primitiva. Era mal interpretada como medo, e tais mal-entendidos eram causadores da morte. Matar ou ser morto, comer ou ser comido, era a lei; e a esse mandamento das profundezas do Tempo ele aprendera a obedecer.

Ele era mais velho do que os dias que vira nascer e do que as vezes que respirava. Ligava o passado ao presente, e a eternidade atrás dele pulsava em um ritmo poderoso, ao qual ele balançava conforme as marés e as estações mudavam. Ele se sentava perto do fogo de John Thornton, um cachorro de peito largo, presas brancas e pelo comprido; mas atrás dele estavam as sombras de todos os tipos de cães, meio lobos e lobos selvagens, urgentes e estimulantes, saboreando o gosto da carne que ele comia, sedentos pela água que ele bebia, sentindo o cheiro do vento com ele, ouvindo e contando com ele os sons produzidos pela vida selvagem na floresta, ditando seu estado de espírito, direcionando suas ações, deitando-se para dormir quando ele se deitava, e sonhando com ele e além dele e se tornando a matéria-prima de seus sonhos.

Essas sombras o atraíam de forma tão peremptória, que a cada dia a humanidade e suas reivindicações se afastavam de Buck. Nas profundezas da floresta um chamado estava soando, e sempre que o ouvia, misteriosamente emocionante e sedutor, ele se sentia compelido a virar as costas para o fogo e a terra batida ao seu redor, e mergulhar na floresta, e seguir adiante, não sabia para onde ou por quê, nem queria saber essas respostas, o chamado soando imperiosamente das profundezas da floresta. Mas, sempre que ganhava a terra macia e contínua e a sombra verde, o amor por John Thornton o atraía de volta ao fogo.

Apenas Thornton o segurava ali. O resto da humanidade não era nada. Os viajantes casuais podiam elogiá-lo ou acariciá-lo; mas ele era alheio a tudo isso, e quando havia algum homem muito invasivo, se levantava e logo se afastava. Quando os parceiros de Thornton, Hans e Pete, chegaram na tão esperada jangada de toras, Buck recusou-se a notá-los, até saber que eram próximos de Thornton; depois disso, ele os tolerou de uma forma passiva, aceitando favores deles como se os favorecesse ao aceitar. Eles tinham o mesmo tipo de grandeza de Thornton, vivendo perto da terra, pensando com simplicidade e vendo com clareza; e antes de colocarem a jangada no grande redemoinho da serraria em Dawson, entenderam Buck e seus costumes e não insistiram em uma intimidade como a que tinham com Skeet e Nig.

Para Thornton, no entanto, seu amor parecia crescer cada vez mais. Ele, o único entre os homens, poderia colocar uma mochila nas costas de Buck nas viagens de verão. Nada era grande demais para Buck fazer, quando Thornton comandava. Certo dia (eles se afastaram do trabalho da jangada e deixaram Dawson em direção às cabeceiras do Tanana), os homens e os cães estavam sentados na crista de um penhasco que despencou, direto para o fundo sobre a rocha nua, noventa metros abaixo. John Thornton estava sentado perto da beirada, Buck perto de seu ombro. Um capricho impensado se apoderou de Thornton, e ele chamou a atenção de Hans e Pete para o experimento que tinha em mente.

– Pule, Buck! – ele comandou, estendendo o braço para fora e por cima do abismo. No instante seguinte, ele estava agarrado a Buck na extremidade do penhasco, enquanto Hans e Pete os arrastavam de volta para a segurança.

– Isso é estranho – disse Pete, depois que tudo acabou e eles recuperaram suas vozes.

Thornton balançou a cabeça:

– Não, é esplêndido e terrível também. Você sabe, às vezes me dá até medo.

– Não quero ser o homem que vai tentar colocar as mãos em você enquanto ele estiver por perto – Pete anunciou conclusivamente, acenando com a cabeça em direção a Buck.

– Caramba! – foi a contribuição de Hans –, nem eu!

Foi em Circle City, antes do fim do ano, que as preocupações de Pete se concretizaram. "Black" Burton, um homem mal-humorado e malicioso, estava brigando com um novato no bar, quando Thornton passou entre eles bem-humorado. Buck, como era seu costume, estava deitado em um canto, a cabeça sobre as patas, observando cada ação de seu mestre. Burton atacou, sem aviso, direto do ombro. Thornton foi arremessado girando e escapou de cair apenas agarrando-se à grade do bar.

Aqueles que estavam olhando ouviram o que não era nem latido nem uivo, mas algo que pode ser mais bem descrito como um rugido, e viram o corpo de Buck erguer-se no ar quando ele voou em direção à garganta de Burton. O homem salvou a própria vida jogando o braço instintivamente à frente, mas foi empurrado para trás no chão, com Buck em cima dele. Buck soltou os dentes da pele do braço e pulou de novo para a garganta. Dessa vez, o homem conseguiu bloquear apenas parcialmente, e sua garganta foi rasgada. Então a multidão se aproximou de Buck, que foi expulso; mas enquanto um cirurgião estancava o sangramento, ele rondava para cima e para baixo, rosnando furiosamente, tentando entrar correndo e sendo forçado a recuar por uma série de porretes hostis. Uma "reunião de mineiros", convocada no local, decidiu que o cão tinha motivação suficiente e Buck foi liberado. Mas sua reputação estava construída e, a partir daquele dia, seu nome se espalhou por todos os acampamentos do Alasca.

Mais tarde, no outono do mesmo ano, ele salvou a vida de John Thornton de outra maneira. Os três parceiros estavam conduzindo uma longa e estreita canoa descendo um trecho ruim de corredeiras no Forty-Mile Creek. Hans e Pete se moviam ao longo da margem, soltando aos poucos uma corda fina de junco passada de árvore em árvore, enquanto Thornton permanecia no barco, ajudando na descida com uma vara e gritando instruções para os parceiros. Buck, na margem, preocupado e ansioso, mantinha os olhos no barco, sem desviar sua atenção do mestre.

Em um local especialmente perigoso, onde uma saliência de rochas aflorava e se projetava no leito do rio, Hans largou a corda e, enquanto Thornton empurrava o barco para a correnteza, desceu correndo a margem com a ponta da corda nas mãos para parar novamente o barco, quando tivesse passado pela borda. Assim ele o fez, e o barco já estava voando rio abaixo em uma corrente tão veloz quanto uma roda de moinho, quando Hans tentou pará-lo com a corda e estancou repentinamente. O barco virou e se aproximou da margem emborcado, enquanto Thornton, arremessado para dentro da água, era carregado rio abaixo em direção à pior parte das corredeiras, um trecho de águas violentas do qual nenhum nadador poderia se safar.

Buck agiu imediatamente; e no final de trezentos metros, em meio a um redemoinho louco, ele chegou até Thornton. Quando o sentiu segurando em sua cauda, Buck dirigiu-se para a margem, nadando com toda a sua esplêndida força. Mas o avanço em direção à margem era lento; e a progressão rio abaixo era incrivelmente mais rápida. Logo abaixo dava para ouvir o rugido fatal, onde a corrente violenta se tornava ainda mais rápida e era rasgada em pedaços e borrifada pelas rochas que forçavam a passagem da água como entre os dentes de um pente gigante. A sucção da água, assim que se iniciava o último lance íngreme, era assustadora, e Thornton sabia que nadar até a margem era impossível. Ele raspou furiosamente contra uma pedra, machucou-se mais ainda em uma segunda e atingiu uma terceira com uma pressão esmagadora. Agarrou-se ao topo escorregadio com as duas mãos, soltando Buck e, acima do rugido da água agitada, gritou:

– Vai, Buck! Vai!

Buck não conseguiu se segurar e seguiu correnteza abaixo, lutando desesperadamente, mas sem conseguir vencer a força das águas. Quando ouviu a ordem de Thornton pela segunda vez, recuou parcialmente para fora d'água, jogando a cabeça para o alto, como se fosse uma última olhada, e então se virou obedientemente em direção à margem. Ele nadou com força e foi arrastado para fora por Pete e Hans, no mesmo ponto onde não era mais possível nadar e começava a destruição.

Eles sabiam que o tempo que um homem poderia se manter agarrado a uma pedra escorregadia, diante daquela correnteza, era uma questão de minutos, e correram o mais rápido que puderam, subindo a margem até um ponto muito acima de onde Thornton estava se segurando. Prenderam a corda com que haviam amarrado o barco no pescoço e nos ombros de Buck, tomando cuidado para que não o estrangulasse nem o impedisse de nadar, e o lançaram na corrente. Ele avançou com ousadia, mas não direto o suficiente para vencer a corrente. Só descobriu o erro tarde demais, quando Thornton estava a seu lado e a apenas meia dúzia de braçadas de distância, enquanto ele era carregado indefeso para longe.

Hans prontamente manobrou com a corda, como se Buck fosse um barco. A corda então apertou em torno de Buck com a tração da correnteza, ele foi puxado para baixo da superfície, e ali permaneceu até que seu corpo bateu contra a margem e ele foi içado para fora. Ele estava quase afogado, e Hans e Pete se jogaram sobre ele, respirando fundo e soprando ar em seus pulmões, forçando a água para fora. Ele cambaleou e caiu. O som fraco da voz de Thornton chegou até eles e, embora não pudessem decifrar as palavras, sabiam que ele estava no limite das forças. A voz de seu mestre agiu sobre Buck como um choque elétrico. Ele se levantou de um salto e correu pela margem à frente dos homens até o ponto de sua partida na tentativa anterior.

Novamente a corda foi amarrada e ele foi lançado, e novamente ele atacou, mas desta vez direto para a corrente. Ele havia calculado mal uma vez, mas não cometeria o mesmo erro na segunda. Hans segurou firme a corda, sem permitir folga, enquanto Pete a manteve livre das bordas afiadas. Buck esperou até estar em uma linha reta acima de Thornton; então se virou e, com a velocidade de um barco a vapor, nadou até chegar sobre ele. Thornton o viu chegando e, quando Buck o golpeou como um aríete, com toda a força da corrente atrás dele, Thornton estendeu a mão e fechou os braços em volta do pescoço peludo. Hans passou a corda em volta da árvore e Buck e Thornton foram jogados para baixo com a pressão da água. Estrangulando, sufocando, às vezes um aparecendo sobre a corredeira, às vezes o outro, arrastando-se sobre o fundo irregular, batendo contra pedras e protuberâncias, eles se aproximaram da margem.

Thornton reapareceu de barriga para baixo e foi violentamente empurrado para frente e para trás sobre um tronco de madeira por Hans e Pete. Seu primeiro olhar foi para Buck, sobre cujo corpo flácido e aparentemente sem vida Nig estava soltando um uivo, enquanto Skeet lambia o focinho molhado e os olhos fechados. O próprio Thornton estava machucado e atordoado, mas examinou cuidadosamente o corpo de Buck, quando foi trazido de volta, encontrando três costelas quebradas.

– Isso define tudo – ele anunciou –, acampamos bem aqui.

E eles acamparam, até que as costelas de Buck se uniram e ele pôde viajar novamente.

Naquele inverno, em Dawson, Buck realizou outra façanha, não tão heroica, talvez, mas que colocou seu nome muito mais alto no totem da fama do Alasca. Essa proeza foi particularmente gratificante para os três homens; pois precisavam das roupas e equipamentos que ela proporcionava e poderiam fazer uma longa viagem ao Leste selvagem, onde os mineiros ainda não haviam aparecido. A motivação veio a partir de uma conversa no Bar Eldorado, em que os homens se gabavam de seus cães favoritos. Buck, por causa de seu histórico, era o alvo desses homens, e Thornton foi provocado a corajosamente defendê-lo. Ao final de meia hora, um homem disse que seu cachorro poderia dar a partida em um trenó com duzentos e cinquenta quilos e sair andando com ele; um segundo gabou-se de trezentos quilos e seu cachorro; e um terceiro, trezentos e cinquenta.

– Só? Só isso? – disse John Thornton –; Buck consegue mover quatrocentos e cinquenta quilos.

– E partir com esse peso da inércia? E arrastá-lo por cem metros? – perguntou Matthewson, um dos reis de Bonanza, perfeito exemplar das centenas de mineiros bem-sucedidos.

– Partir com ele e andar com essa carga por cem metros – disse John Thornton friamente.

– Bom – disse Matthewson, lenta e deliberadamente, para que todos pudessem ouvir –, eu tenho mil dólares para provar que ele não consegue. E aqui estão.

Dizendo isso, ele jogou um saco de pó de ouro do tamanho de uma mortadela no balcão.

Ninguém falou mais nada. O blefe de Thornton, se é que era um blefe, estava desafiado. Ele sentiu uma onda de sangue quente subindo pelo rosto. Sua língua o havia traído. Ele não sabia se Buck conseguiria mover um trenó com todo aquele peso. Quase meia tonelada! A enormidade desse volume o assustou. Ele confiava muito na força de Buck e muitas vezes pensara que ele seria capaz de tracionar uma carga assim; mas nunca, como agora, ele enfrentara essa possibilidade, os olhos de uma dúzia de homens fixos nele, em silêncio e esperando. Além disso, ele não tinha mil dólares; nem Hans ou Pete.

– Eu tenho um trenó do lado de fora, com vinte sacos de farinha de vinte e dois quilos e meio cada – Matthewson continuou com franqueza brutal –; então não deixe que essa preocupação atrase o nosso desafio.

Thornton não respondeu. Ele não sabia o que dizer. Ele olhou de um rosto para outro com o jeito ausente de um homem que perdeu a capacidade de pensar, e está procurando um lugar para encontrar algo que o faça voltar a funcionar. O rosto de Jim O'Brien, um chefão de Mastodon e camarada dos velhos tempos, chamou sua atenção. Foi como uma deixa para ele, parecendo estimulá-lo a fazer o que nunca teria sonhado em fazer.

– Você pode me emprestar mil? – perguntou, quase em um sussurro.

– Claro – respondeu O'Brien, derrubando um saco abarrotado ao lado do de Matthewson. – Embora eu tenha pouca fé, John, de que a fera consiga fazer esse milagre.

O Eldorado ficou vazio, e seus ocupantes correram para a rua para ver o desafio. As mesas estavam desertas, e os crupiês e gerentes de jogo vieram ver o resultado do desafio e fazer também suas apostas. Várias centenas de homens, encapotados e com luvas, contornavam o trenó a uma distância segura. O trenó de Matthewson, carregado com quinhentos quilos de farinha, estava parado havia algumas horas e, no frio intenso (15 graus abaixo de zero), as lâminas congelavam rapidamente na neve compacta. Os homens ofereciam uma probabilidade de dois para um de que Buck não conseguiria mover o trenó. Surgiu uma discussão sobre a frase "partir com o trenó". O'Brien afirmava que era prerrogativa de Thornton livrar as lâminas congeladas, deixando Buck para "partir" com o trenó de um estado total de inércia. Matthewson insistiu que a frase incluía partir com o trenó com as lâminas congeladas pela neve. A maioria dos homens que testemunharam a aposta decidiu pela segunda opção, fazendo com que as apostas aumentassem a três para um contra Buck.

Mas não houve apostadores. Nenhum homem acreditava que ele fosse capaz de tal façanha. Thornton havia se precipitado na aposta, cheio de dúvidas; e agora que ele olhava para aquele trenó, o fato concreto, com a equipe completa de dez cães atados e enrolados na neve diante dele, mais impossível a tarefa parecia. Matthewson ficou radiante.

– Três para um! – ele proclamou. – Vou apostar mais mil nessa disputa, Thornton. O que você me diz?

A dúvida de Thornton era evidente em seu rosto, mas seu espírito de luta foi despertado, o espírito de luta que paira acima das probabilidades, falha em reconhecer o impossível e é surdo para tudo, exceto para o clamor pela batalha. Ele chamou Hans e Pete para perto dele. Seus bolsos estavam vazios e, com os dele, os três sócios só podiam juntar duzentos dólares. Em um período de vacas magras, essa soma era seu capital total; no entanto, eles o colocaram sem hesitação contra os seiscentos de Matthewson.

A tropa de dez cães foi desatrelada e Buck, com seu próprio arreio, foi colocado no trenó. Ele havia se contagiado com toda aquela excitação e sentia que, de alguma forma, deveria fazer uma grande coisa por John Thornton. Murmúrios de admiração por sua esplêndida aparência aumentaram. Ele estava em perfeitas condições, sem um grama de carne supérflua, e os sessenta e oito quilos que ele pesava eram tantos quilos de coragem e virilidade. Seu casaco peludo brilhava como seda. Descendo pelo pescoço e passando pelos ombros, seu pelo, em repouso como estava, meio eriçado parecia erguer-se a cada movimento, como se o excesso de vigor tornasse cada fio vivo e ativo. O peito largo e as pesadas patas dianteiras não eram mais do que proporcionais ao resto do corpo, onde os músculos se mostravam em rolos apertados sob a pele. Os homens sentiram esses músculos e os consideraram duros como ferro, e as chances aumentaram para dois para um.

– Meu deus, senhor! Meu deus, senhor! – gaguejou um membro da última dinastia, um dos reis do garimpo de Skookum Benches. – Eu ofereço-lhe oitocentos por ele, senhor, antes da prova; oitocentos exatamente como ele está.

Thornton sacudiu a cabeça e ficou ao lado de Buck.

– Espere aí, você tem que se afastar dele – protestou Matthewson. – Jogo limpo e espaço suficiente para que todos observem a prova.

A multidão ficou em silêncio; só podiam ser ouvidas as vozes dos jogadores oferecendo em vão dois contra um. Todos reconheciam Buck como um animal magnífico, mas vinte sacos de farinha de vinte e dois quilos e meio eram grandes demais a seu ver para que pudessem abrir os cordões das bolsas de ouro.

Thornton se ajoelhou ao lado de Buck. Segurou a cabeça com as duas mãos e descansou sua bochecha na de Buck. Ele não o sacudiu de brincadeira, como era de costume, nem murmurou os suaves xingamentos de amor; mas sussurrou em seu ouvido. "Sei que você me ama, Buck. Como você me ama", foi o que ele sussurrou. Buck choramingou com ansiedade reprimida.

A multidão estava assistindo com curiosidade. O caso estava ficando misterioso. Parecia uma conjuração. Quando Thornton se levantou, Buck prendeu sua mão com a luva entre as mandíbulas, pressionando com os dentes e soltando lentamente, com alguma relutância. Era a resposta, em termos, não falados, do seu amor. Thornton deu um passo para trás.

–Agora, Buck – disse ele.

Buck esticou as correias e depois as afrouxou alguns centímetros. Foi assim que ele aprendeu.

– Puxa! – A voz de Thornton ressoou, aguda no silêncio tenso.

Buck balançou para a direita, finalizando o movimento com um mergulho com a cabeça que esticou as correias com um solavanco repentino, empenhando seus sessenta e oito quilos. A carga estremeceu e, por baixo das lâminas saiu um estalido agudo.

– Haw! – Thornton comandou.

Buck duplicou a manobra, desta vez para a esquerda. O estalido se transformou em um ruído forte e sequencial, o trenó girou e as lâminas escorregaram, rangendo e se movendo vários centímetros para o lado. O trenó estava livre do gelo. Os homens prendiam a respiração, totalmente inconscientes do fato.

– Agora, MUSH!

O comando de Thornton estalou como um tiro de pistola. Buck se jogou para a frente, apertando as amarras com uma estocada violenta. Todo o seu corpo estava compactado no tremendo esforço, os músculos se contorcendo e enroscando como coisas vivas sob o pelo sedoso. O peito largo estava próximo do solo, a cabeça projetada para frente e para baixo, enquanto os pés voavam como loucos, as garras arranhando a neve compacta em sulcos paralelos. O trenó balançou e estremeceu, ensaiando um avanço na neve. Uma de suas patas escorregou e um homem gritou alto. Em seguida, o trenó deu um salto à frente no que parecia uma rápida sucessão de solavancos, embora nunca tenha realmente parado de avançar… um centímetro… três centímetros… dez centímetros… Os solavancos diminuíram perceptivelmente; conforme o trenó ganhava movimento, ele se estabilizou, até que estivesse se movendo continuamente.

Os homens se engasgaram e começaram a respirar novamente, sem perceber que por um momento haviam parado de respirar. Thornton corria atrás, encorajando Buck com palavras curtas e animadoras. A distância havia sido medida, e quando ele se aproximou da pilha de lenha que marcava o fim dos cem metros, uma alegria começou a crescer descontrolada, e explodiu em um rugido quando passou pela lenha e parou ao comando de Thornton. Cada homem estava exultante, até Matthewson. Chapéus e luvas voavam no ar. Homens apertavam as mãos, não importava com quem, e borbulhavam em uma babel incoerente e generalizada.

Mas Thornton se ajoelhou ao lado de Buck. Cabeça contra cabeça, e ele o sacudia para frente e para trás. Aqueles que se apressaram o ouviram xingar Buck, e ele o amaldiçoou longa e fervorosamente, com ternura e amor.

– Meu deus, senhor! Caramba, senhor! – balbuciou o rei de Skookum Bench. – Vou lhe dar mil por ele, senhor, mil… mil e duzentos, senhor.

Thornton levantou-se. Seus olhos estavam molhados. As lágrimas escorriam francamente por seu rosto.

– Senhor – ele respondeu ao rei de Skookum Bench –, não, senhor. Pode ir para o inferno, senhor. É o melhor que posso fazer agora pelo senhor.

Buck segurou a mão de Thornton com os dentes. Thornton o sacudiu para frente e para trás. Como se animados por um impulso comum, os espectadores recuaram para uma distância respeitosa; nem foram indiscretos o suficiente para interromper aquele cumprimento.

# O soar do chamado

Quando Buck ganhou mil e seiscentos dólares em cinco minutos para John Thornton, ele possibilitou a seu mestre pagar certas dívidas e viajar com seus sócios para o Leste, em busca de uma mina lendária perdida, cuja história era tão antiga quanto a do país. Muitos homens a procuraram; poucos a haviam encontrado; e mais do que um punhado deles jamais haviam retornado da busca. Essa mina perdida estava mergulhada em tragédia e envolta em mistério. Ninguém sabia do primeiro homem que a tinha encontrado. A tradição mais antiga parava antes de chegar ao seu nome. Desde o início, havia rumores de uma cabana antiga e em ruínas. Homens moribundos haviam jurado pela sua existência e da mina, cujo local ela demarcava, enfeitando sua narrativa com pepitas que eram diferentes de qualquer tipo de ouro conhecido nas Terras do Norte.

Mas nenhum homem vivo havia penetrado nessa casa do tesouro, e os mortos estavam mortos; portanto, John Thornton, Pete e Hans, com Buck e meia dúzia de outros cães, rumaram para o Leste em uma trilha desconhecida para chegar onde homens e cães tão bons quanto eles haviam fracassado. Eles deslizaram cento e doze quilômetros subindo o Yukon, viraram para a esquerda no rio Stewart, passaram pelo Mayo e pelo McQuestion e se mantiveram firmes até que o próprio Stewart se tornasse um riacho, atravessando os picos elevados que marcavam a espinha dorsal do continente.

John Thornton exigia pouco dos homens ou da natureza. Ele não tinha medo da vida selvagem. Com um punhado de sal e um rifle, ele podia mergulhar nessa vida e sair para onde quisesse e pelo tempo que quisesse. Sem pressa, à maneira indígena, ele caçava seu jantar durante a viagem do dia; e se não o encontrasse, como um índio, continuava viajando, com a certeza de que mais cedo ou mais tarde o encontraria. Portanto, nessa grande jornada para o Leste, carne pura era o seu menu, munições e ferramentas eram a principal carga do trenó, e a data prevista para chegada estava em aberto, para um futuro ilimitado.

Para Buck, era um prazer sem igual caçar, pescar e vagar indefinidamente por lugares desconhecidos. Durante semanas seguidas, eles resistiram firmemente, dia após dia; e por semanas a fio acampariam, aqui e ali, os cães vadiando e os homens abrindo buracos na lama congelada e no cascalho e lavando incontáveis panelas sujas ao calor do fogo. Às vezes passavam fome, às vezes festejavam desenfreadamente, tudo de acordo com a abundância da caça e a sorte no jogo da caçada. O verão chegou, e cães e homens com cargas nas costas seguiam através de lagos de montanhas azuis, e desciam ou subiam rios desconhecidos em barcos estreitos, fabricados com os troncos da floresta ao redor.

Os meses iam e vinham, e para a frente e para trás eles serpenteavam pela vastidão inexplorada, onde nenhum homem estava, mas onde já estiveram um dia, caso a lenda da Cabana Perdida fosse verdadeira. Eles cruzaram divisores de águas em nevascas de verão, estremeceram sob o sol da meia-noite em montanhas nuas entre a linha da floresta e as neves eternas, caíram em vales ensolarados infestados de mosquitos e moscas, e nas sombras das geleiras colheram morangos e flores tão maduras e lindas quanto qualquer uma de que as terras do Sul costumavam se orgulhar. No outono daquele ano, penetraram em uma região estranha de lagos, triste e silenciosa, onde aves selvagens haviam estado, mas onde então não havia mais nenhum sinal de vida, apenas o sopro de ventos frios, a formação de gelo em locais protegidos e o bater melancólico das ondas em praias desertas.

E durante outro inverno, eles vagaram nas trilhas apagadas de homens que haviam morrido. Uma vez, encontraram um caminho aberto através da floresta, um caminho antigo, e a Cabana Perdida parecia muito próxima. Mas começava em lugar nenhum e terminava em nenhum lugar e o mistério permanecia, quem fora o homem que o teria construído e qual a razão pela qual o teria feito. Certo dia, encontraram os destroços gastos pelo tempo de uma cabana de caça e, entre os pedaços de cobertores apodrecidos, John Thornton encontrou um rifle com disparador de sílex e de cano longo. Ele sabia que era uma espingarda da Hudson Bay Company dos tempos da conquista do noroeste, quando tal arma valia sua altura em peles de castor empilhadas. E foi só o que encontraram, nenhuma dica quanto ao homem que, em tempos remotos, tinha saído da cabana e deixado sua arma entre os cobertores.

A primavera chegou mais uma vez e, no final de toda a perambulação, eles encontraram, não a Cabana Perdida, mas terras de aluvião em um vale amplo, onde o ouro aparecia como manteiga amarela no fundo da bateia. Eles não procuraram mais adiante. Cada dia que trabalhavam lhes rendia milhares de dólares em pó limpo e pepitas, e trabalharam todos os dias. O ouro foi ensacado em sacos de couro de alce, com vinte e cinco quilos cada, e empilhado como lenha fora da cabana de ramos de abetos. Como gigantes eles labutaram, os dias se sucedendo como sonhos, enquanto amontoavam o tesouro.

Não havia nada para os cães fazerem, exceto puxar de vez em quando a caça que Thornton matava, e Buck passava longas horas meditando perto do fogo. A visão do homem peludo de pernas curtas vinha a ele com mais frequência, agora que havia pouco trabalho a ser feito; e muitas vezes, piscando perto do fogo, Buck vagava com ele naquele outro mundo do qual se lembrava.

A coisa mais marcante daquele outro mundo parecia ser o medo. Quando ele observava aquele homem peludo dormindo perto do fogo, com a cabeça sobre os joelhos e as mãos cruzadas acima, Buck via que ele dormia inquieto, com muitos sobressaltos e despertares, momentos em que espiava com medo na escuridão e jogava mais lenha no fogo. Quando caminhavam pela praia à beira-mar, onde apanhava mariscos e os comia à medida em que os colhia, era com olhos que vagavam por toda parte em busca de algum perigo escondido, e com pernas preparadas para correr como o vento ao surgimento de qualquer ameaça. Eles avançavam silenciosamente pela floresta, com Buck nos calcanhares do homem peludo; e eles estavam alertas e vigilantes, os dois, orelhas tremendo e mexendo e narinas farejando, pois o homem ouvia e cheirava tão intensamente quanto Buck. O homem peludo podia pular até o topo das árvores e seguir em frente tão rápido quanto no chão, balançando pelos braços de um galho a outro, às vezes a uma dúzia de metros de distância, soltando-se e agarrando, nunca caindo, nunca perdendo o controle. Na verdade, ele parecia em casa tanto entre as árvores quanto no chão; e Buck tinha lembranças de noites de vigília sob as árvores, nas quais o homem peludo se empoleirava, segurando com força enquanto dormia.

E, muito semelhante às visões do homem peludo, estava o chamado que ainda soava nas profundezas da floresta. Ele o enchia de grande inquietação e desejos estranhos. Aquele chamado o fazia sentir uma vaga e doce alegria, e ele estava ciente de desejos e agitações selvagens que não sabia de quê. Às vezes, perseguia o chamado para dentro da floresta, procurando por ele como se fosse algo tangível, latindo baixinho ou desafiadoramente, conforme o humor ditasse. Ele enfiava o nariz no musgo fresco da madeira, ou no solo preto onde crescia a grama alta, e bufava de alegria com os cheiros da terra úmida; ou ficava agachado por horas, como se estivesse escondido, atrás de troncos de árvores caídas cobertos de fungos, de olhos arregalados e orelhas em pé para tudo que se movesse ou ressoasse ao seu redor. Pode ser que, escondido assim, esperasse surpreender esse chamado, que não conseguia entender. Mas ele não sabia por que fazia essas várias coisas. Ele fora impelido a fazê-las e absolutamente não raciocinava sobre elas.

Impulsos irresistíveis se apoderavam dele. Ele podia estar deitado no acampamento, cochilando preguiçosamente no calor do dia, quando de repente sua cabeça levantava e suas orelhas se erguiam, atentas e ouvindo, e ele se levantava e saía correndo, sem parar, por horas, pelos corredores da floresta e pelos espaços abertos onde os arbustos se amontoavam. Gostava de correr por cursos d'água secos e rastejar e espiar a vida dos pássaros na floresta. Por um dia de cada vez, ele ficava deitado no mato, onde podia observar as perdizes cantando e se exibindo para cima e para baixo. Mas ele gostava especialmente de correr na penumbra das meias-noites de verão, ouvindo os murmúrios sufocados e sonolentos da floresta, lendo sinais e sons como o homem fazia ao ler um livro e procurando por algo misterioso que o chamava, acordado ou dormindo, o tempo todo, para ele seguir.

Certa noite, ele acordou sobressaltado, os olhos ansiosos, as narinas tremendo e expandidas, o pelo eriçado em ondas recorrentes. Da floresta veio o chamado (ou uma nota dele, pois tinha múltiplas notas distintas), audível e claro como nunca, um uivo prolongado, semelhante embora diferente de qualquer barulho feito por um cachorro husky. E ele sabia disso, do velho costume familiar, como um som ouvido antes. Ele saltou pelo acampamento adormecido e em rápido silêncio correu pela floresta. À medida em que se aproximava do grito, ia mais devagar, com cautela em cada movimento, até chegar a um lugar aberto entre as árvores e, olhando para fora, viu, ereto sobre as patas traseiras, com o nariz apontado para o céu, um longo e esguio lobo canadense.

Ele não fez nenhum barulho, mas parou de uivar e tentou sentir aquela presença. Buck caminhou para o campo aberto, meio agachado, o corpo contido, a cauda esticada e rígida, os pés tocando o solo com um cuidado incomum. Cada movimento anunciava uma mistura de ameaça e abertura para uma amizade. Foi a trégua ameaçadora que marca o encontro das feras que vivem para caçar. Mas o lobo fugiu ao vê-lo. Ele o seguiu, com saltos selvagens, em um frenesi para ultrapassar. Ele o conduziu até um canal sem saída, no leito do riacho, onde um congestionamento de toras de madeira bloqueava o caminho. O lobo girou sobre as patas traseiras, semelhante ao modo como Joe e todos os cães husky encurralados faziam, rosnando e eriçando-se, cerrando os dentes em uma sucessão rápida e contínua de dentadas.

Buck não atacou, mas rodeou-o e cercou-o com avanços amigáveis. O lobo estava desconfiado e com medo; pois Buck pesava três vezes mais do que ele, enquanto sua cabeça mal chegava ao ombro de Buck. Observando atentamente as suas chances, ele disparou e a perseguição foi reiniciada. Vez após vez ele foi encurralado, e a coisa se repetiu, embora ele estivesse em péssimas condições, ou Buck não teria conseguido vencê-lo com tanta facilidade. Ele corria até que a cabeça de Buck estivesse nivelada com seu flanco, quando ele girava e parava, apenas para fugir novamente na primeira oportunidade.

Mas, no final, a obstinação de Buck foi recompensada; pois o lobo, descobrindo que não havia intenção de causar nenhum dano, finalmente farejou com o focinho colado ao de Buck. Em seguida, tornaram-se amistosos e brincaram da maneira nervosa e meio tímida com que animais ferozes escondem seu poder. Depois de algum tempo, o lobo começou a galopar com facilidade de uma maneira que mostrava claramente que ele estava indo para algum lugar. Ele deixou claro que Buck deveria segui-lo, e eles correram lado a lado através do crepúsculo sombrio, direto para o leito do riacho, para o desfiladeiro de onde ele nascia, e cruzaram a divisão desolada.

Na encosta oposta da nascente, eles desceram para uma região plana onde havia grandes extensões de floresta e muitos riachos, e por essas grandes extensões eles correram continuamente, hora após hora, o sol subindo mais alto e o dia ficando mais quente. Buck estava extremamente feliz. Ele sabia que estava finalmente atendendo ao chamado, correndo ao lado de seu irmão canadense em direção ao lugar de onde o chamado certamente vinha. Velhas lembranças estavam se abrindo para ele rapidamente, e Buck se misturava a elas como antigamente, quando ele enxergava esse outro mundo nas sombras. Ele já tinha feito essa jornada antes, em algum lugar daquele outro mundo do qual se lembrava vagamente, e estava fazendo de novo, agora, correndo livre a céu aberto, a terra descompactada sob os pés, o amplo céu acima.

Eles pararam perto de um riacho para beber e, ao parar, Buck se lembrou de John Thornton. Ele se sentou. O lobo começou a andar em direção ao lugar de onde o chamado certamente vinha, então voltou até ele, farejando o nariz e agindo como se fosse para encorajá-lo. Mas Buck deu meia-volta e começou lentamente a retornar. Por quase uma hora, o irmão selvagem correu ao seu lado, ganindo baixinho. Então ele se sentou, apontou o nariz para cima e uivou. Foi um uivo triste e, enquanto Buck se mantinha firme no caminho, ouviu-o ficar cada vez mais fraco, até se perder ao longe.

John Thornton estava jantando quando Buck correu para o acampamento e saltou sobre ele em um frenesi de afeto, derrubando-o, tropeçando em cima dele, lambendo seu rosto, mordendo sua mão, "bancando o completo idiota", como John Thornton descrevera, enquanto ele balançava Buck para frente e para trás e o amaldiçoava com amor.

Durante dois dias e duas noites, Buck não saiu do acampamento, nunca deixava Thornton longe de sua vista. Ele o seguia em seu trabalho, observava-o enquanto comia, via-o em seus cobertores à noite e fora deles pela manhã. Mas depois de dois dias, o chamado na floresta começou a soar mais imperioso do que nunca. A inquietação de Buck voltou a dominá-lo, e ele foi assombrado pelas lembranças do irmão selvagem e da terra sorridente além da nascente e da corrida lado a lado pelos extensos trechos da floresta. Mais uma vez começou a vagar por ela, mas o irmão selvagem não apareceu; e embora o tivesse ouvido durante longas vigílias, o uivo triste nunca mais se elevou.

Ele começou a dormir fora à noite, ficando longe do acampamento por dias seguidos; e certa vez cruzou a divisa na cabeceira do riacho e desceu para a terra das árvores e lagos. Lá ele vagou por uma semana, procurando em vão por um novo sinal do irmão selvagem, matando suas presas enquanto viajava e avançando com um trote longo e fácil, que parecia nunca o cansar. Ele pescou salmão em uma correnteza larga que desaguava em algum lugar no mar, e por esse riacho matou um grande urso preto, cego pelos mosquitos enquanto pescava, e se enfurecia pela floresta, indefeso e atormentado. Mesmo assim, foi uma luta difícil e despertou os últimos resquícios latentes da ferocidade de Buck. E dois dias depois, quando voltou para se alimentar da carcaça e encontrou uma dúzia de carcajus brigando por causa do despojo, ele os espalhou como palha; e aqueles que fugiram deixaram dois para trás, que nunca mais iriam disputar comida nenhuma.

A ânsia por sangue tornou-se mais forte do que nunca. Buck era um assassino, uma máquina que atacava, vivendo das coisas que viviam, sem ajuda, sozinho, pela virtude de sua própria força e destreza, sobrevivendo triunfalmente em um ambiente hostil onde apenas os fortes sobreviviam. Por tudo isso, ele se tornara dono de um grande orgulho de si mesmo, que se comunicava como um contágio com seu corpo físico. Ele se anunciava em todos os seus movimentos, era aparente no jogo de cada músculo, falava claramente como um discurso no modo como agia e tornava seu glorioso casaco peludo ainda mais glorioso. Se não fosse pelo marrom desgarrado em seu focinho e acima dos olhos, e pelo salpicado de pelo branco que descia até o meio de seu peito, ele poderia muito bem ser confundido com um lobo gigante, maior que o maior da raça. De seu pai são-bernardo ele herdara tamanho e peso, mas foi sua mãe pastora que deu forma àquela massa bruta. Seu focinho era o longo focinho dos lobos, exceto por ser maior do que o focinho de qualquer lobo; e sua cabeça, um pouco mais larga, era como uma cabeça de lobo em escala ampliada.

Sua astúcia era a astúcia do lobo selvagem; sua inteligência, a inteligência dos pastores e dos são-bernardos; e tudo isso, somado à experiência adquirida na mais feroz das escolas, tornavam-no uma criatura tão formidável quanto qualquer outra que vagava pela selva. Animal carnívoro que vivia com uma dieta de carne crua, ele estava em pleno desabrochar, na maré alta de sua vida, transbordando de vigor e virilidade. Quando Thornton passava a mão carinhosa por suas costas, um estalido crepitante seguia a mão, cada fio do pelo descarregando seu magnetismo estático contra o contato do homem. Cada parte, cérebro e corpo, tecido nervoso e fibra, era sintonizada na frequência mais requintada; e entre todas as partes havia um equilíbrio ou ajuste perfeito. Para imagens, sons e eventos que exigiam ação, ele respondia com a rapidez de um raio. Rapidamente, como um cão husky podia pular para se defender de um ataque ou para atacar, ele podia pular, só que duas vezes mais veloz. Ele via um movimento, ou ouvia um som, e respondia em menos tempo do que outro cão requeria para entender a simples visão ou som. Ele percebia, determinava e respondia no mesmo instante. Na verdade, as três ações de perceber, determinar e responder eram sequenciais; mas eram tão infinitesimais em seus intervalos que pareciam simultâneas. Seus músculos estavam sobrecarregados de vitalidade e se agitavam rapidamente, como molas de aço. A vida fluía através dele em esplêndida inundação, alegre e desenfreada, até que parecia que iria explodi-lo em puro êxtase e se espalhar generosamente sobre o mundo.

– Nunca existiu um cachorro assim – disse John Thornton certo dia, enquanto os parceiros observavam Buck marchando para fora do acampamento.

– Quando ele foi feito, o molde foi quebrado em seguida – disse Pete.

– Poxa vida! Eu acho que sim – afirmou Hans.

Eles o viram marchando para fora do acampamento, mas não viram a transformação instantânea e terrível que ocorreu assim que ele entrou no segredo da floresta. Ele não marchava mais. Imediatamente ele se tornara uma coisa selvagem, roubando suavemente, pés de gato, uma sombra passageira que aparecia e desaparecia entre as sombras. Ele sabia como aproveitar cada esconderijo, rastejar sobre a barriga como uma cobra e, saltar e atacar como ela. Ele poderia surpreender e tirar um tetraz de seu ninho, matar um coelho enquanto dormia e capturar no ar os pequenos esquilos que fugiam um segundo tarde demais para as árvores. Os peixes, em piscinas abertas, não eram muito rápidos para ele; nem eram os castores, consertando suas represas, muito cautelosos. Ele matava para comer, não por luxúria; mas ele preferia comer o que ele mesmo havia caçado. Assim, um humor oculto perpassou seus atos, e tinha prazer de atacar os esquilos e, quando já os tinha capturado, deixava-os ir, tagarelando com medo mortal até as copas das árvores.

À medida que o outono se aproximava, os alces apareciam com maior abundância, movendo-se lentamente para baixo para passar o inverno nos vales inferiores e com temperaturas menos rigorosas. Buck já havia arrastado um bezerro perdido parcialmente adulto; mas ele desejava fortemente uma batalha maior e mais formidável, e a encontrou um dia na divisão na cabeceira do riacho. Um bando de vinte alces havia cruzado da terra de riachos e árvores, e o principal deles era enorme. Ele tinha um humor selvagem e, estando a mais de um metro e oitenta do solo, era um adversário tão formidável quanto Buck poderia desejar. Para a frente e para trás, o alce sacudiu seus grandes chifres espalmados, ramificando-se em quatorze pontas e alcançando dois metros com elas. Seus olhos pequenos brilhavam com uma luz cruel e amarga, enquanto ele rugia de fúria ao ver Buck.

Na lateral do seu corpo, logo à frente do flanco, projetava-se uma ponta de flecha emplumada, que explicava sua agonia selvagem. Guiado por aquele instinto que vinha dos velhos dias de caça do mundo primitivo, Buck começou a apartar o alce do rebanho. Não foi uma tarefa fácil. Ele latia e dançava na frente do alce, fora do alcance dos grandes chifres e dos terríveis cascos abertos, que poderiam ter apagado sua vida com um único golpe. Incapaz de dar as costas ao perigo com presas e seguir seu caminho, o alce entrou em paroxismos de raiva. Nesses momentos, ele atacava Buck, que recuava astutamente, atraindo-o com uma simulação de incapacidade e de fuga. Mas quando ele estava separado de seus companheiros, dois ou três dos alces mais jovens atacaram Buck e permitiram que o animal ferido se juntasse ao rebanho.

Há uma paciência da natureza, obstinada, incansável, persistente como a própria vida, que mantém imóvel por horas intermináveis a aranha em sua teia, a cobra em seu bote armado, a pantera em sua emboscada; essa paciência pertence peculiarmente aos seres que caçam seu alimento vivo; e pertencia a Buck, que se aproximou do flanco do rebanho, retardando sua marcha, irritando os jovens alces mais robustos, preocupando as fêmeas com seus filhotes meio crescidos e levando o grande alce ferido à loucura de raiva impotente. Por meio dia isso continuou. Buck se multiplicou, atacando de todos os lados, envolvendo o rebanho em um redemoinho de ameaças, apartando sua vítima tão rápido quanto podia se juntar de volta aos seus companheiros, esgotando a paciência das criaturas predadas, que têm menos paciência do que as criaturas predadoras.

À medida que o dia passava e o sol descia para seu leito no noroeste (a escuridão havia voltado e as noites de outono duravam seis horas), os jovens alces refizeram suas manobras cada vez mais relutantemente para ajudar seu líder acossado. O inverno que se aproximava os estava empurrando para as altitudes mais baixas, e parecia que eles nunca conseguiriam se livrar dessa criatura incansável que os prendia. Além disso, não era a vida do rebanho, ou dos alces mais jovens, que estava ameaçada. A vida de apenas um membro era exigida, que despertava um interesse menos urgente do que salvar suas próprias vidas, e no final eles se contentaram em pagar o preço.

Quando o crepúsculo caiu, o velho alce ficou com a cabeça baixa, observando os companheiros, as fêmeas que conhecera, os filhotes que gerou, os machos que dominou, enquanto eles cambaleavam em um ritmo rápido através da luz fraca. Ele não podia segui-los, pois diante de seu focinho saltou o terror implacável com presas que não o deixariam partir. Pesava seiscentos e cinquenta quilos, tinha vivido uma vida longa e forte, cheia de lutas e desafios, e no final enfrentava a morte nos dentes de uma criatura cuja cabeça não ia além de seus grandes joelhos nodosos.

A partir de então, noite e dia, Buck nunca mais deixou sua presa, nunca deu a ela um minuto de descanso, nunca permitiu que escolhesse as folhas das árvores ou os brotos de bétulas e salgueiros. Nem deu ao alce ferido a oportunidade de saciar sua sede ardente nos estreitos riachos que eles cruzaram. Frequentemente, em desespero, ele explodia em longos trechos de corrida disparada. Nessas ocasiões, Buck não tentava impedi-lo, mas saltava com facilidade em seus calcanhares, satisfeito com a forma como o jogo era jogado, deitando-se quando o alce ficava parado, atacando-o com ferocidade quando ele se esforçava para comer ou beber.

A grande cabeça pendia cada vez mais sob sua árvore de chifres, e o trote trôpego ficava cada vez mais fraco. Ele passou a ficar em pé por longos períodos, com o nariz no chão e as orelhas abatidas caídas molemente; e Buck encontrou mais tempo para buscar água e descansar. Nesses momentos, ofegando com a língua vermelha pendurada e com os olhos fixos no grande alce, Buck via que uma mudança estava prestes a acontecer. Ele podia sentir uma nova agitação na terra. Enquanto os alces entravam no território, outros tipos de vida entravam também. Floresta, riacho e ar pareciam palpitantes com sua presença. Essa notícia chegou a ele, não pela visão, som ou cheiro, mas por algum outro sentido mais sutil. Ele não ouviu nada, não viu nada, mas sabia que a terra estava de alguma forma diferente; que através dela coisas estranhas estavam acontecendo e se espalhando; e ele resolveu investigar depois de concluir o negócio em questão.

Por fim, no crepúsculo do quarto dia, ele puxou o grande alce para baixo. Por um dia e uma noite ele permaneceu perto da carcaça, comendo e dormindo, dando voltas e mais voltas. Então, descansado, revigorado e forte, ele voltou seu rosto para o acampamento e John Thornton. Ele começou a longa corrida fácil e continuou, hora após hora, nunca perdendo o caminho emaranhado, indo direto para casa através de um país estranho com uma certeza de direção que envergonharia o homem e sua agulha magnética.

À medida em que se mantinha firme, ele se tornava cada vez mais consciente da nova agitação na terra. Havia vida lá fora, diferente da vida que lá vivera durante o verão. Esse fato não era mais transmitido a ele de uma maneira sutil e misteriosa. Os pássaros falavam sobre isso, os esquilos tagarelavam sobre isso, a própria brisa sussurrava sobre isso. Parou várias vezes e farejou profundamente o ar fresco da manhã, lendo uma mensagem que o fazia saltar com maior velocidade. Ele estava oprimido com uma sensação de calamidade acontecendo, se essa calamidade já não tivesse acontecido; e ao cruzar o último divisor de águas e descer no vale em direção ao acampamento, ele procedeu com maior cautela.

A cinco quilômetros de distância, ele encontrou uma nova trilha que deixou o pelo do pescoço ondulado e eriçado. Ela conduzia direto ao acampamento e a John Thornton. Buck avançou rápida e furtivamente, todos os nervos tensos e sob esforço, alerta para os inúmeros detalhes que contavam uma história, tudo menos o seu fim. Seu olfato deu-lhe uma descrição variada da passagem da vida em que estava viajando. Ele observou o silêncio fecundo da floresta. A vida dos pássaros havia voado. Os esquilos estavam escondidos. Apenas um ele viu, um tipo cinza lustroso, achatado contra um galho cinza e seco, de modo que parecia uma parte dele, uma imagem de madeira sobre a própria madeira.

Enquanto Buck deslizava com a obscuridade de uma sombra, seu nariz foi puxado repentinamente para o lado, como se uma força positiva o tivesse agarrado e puxado. Ele seguiu o novo cheiro até um matagal e encontrou Nig. Ele estava deitado de lado, morto onde havia se arrastado, uma flecha projetando-se, aro e penas, de cada lado de seu corpo.

Cem metros adiante, Buck encontrou um dos cães de trenó que Thornton comprara em Dawson. Esse cachorro estava se debatendo em uma luta mortal, diretamente sobre a trilha, e Buck passou por ele sem parar. Do acampamento veio o som fraco de muitas vozes, subindo e descendo em um canto. Inclinando-se para a frente na borda da clareira, ele encontrou Hans, deitado de bruços, coberto de flechas como um porco-espinho. No mesmo instante, Buck espiou onde antes ficava a cabana de ramos de abeto e viu o que fez seu pelo saltar do pescoço e dos ombros. Uma rajada de raiva avassaladora tomou conta dele. Ele não sabia que rosnava, mas rosnava alto com uma ferocidade terrível. Pela última vez na vida, permitiu que a paixão usurpasse a astúcia e a razão, e foi por causa de seu grande amor por John Thornton que ele perdeu a cabeça.

Os Yeehats[4] estavam dançando sobre os destroços da cabana de ramos de abeto quando ouviram um rugido terrível e viram correndo sobre eles um animal como nunca tinham visto antes. Era Buck, um furacão vivo de fúria, lançando-se sobre eles em um frenesi para destruir. Ele saltou sobre o homem que estava na frente (o chefe dos Yeehats), rasgando a garganta até que da jugular partida jorrou uma fonte de sangue. Ele não parou para observar a vítima, mas a rasgou de passagem, com o próximo salto atacando a garganta de um segundo homem. Não havia como resistir a ele. Mergulhou bem no centro do grupo, rasgando, mutilando, destruindo, em movimento constante e terrível que desafiava as flechas que eram disparadas contra ele. Na verdade, seus movimentos eram tão inconcebivelmente rápidos, e os índios estavam tão próximos uns dos outros, que atiravam uns nos outros com as flechas; e um jovem caçador, ao tentar acertar Buck em pleno ataque com uma lança, cravou-a no peito de outro caçador com tanta força, que a ponta atravessou a pele das costas e se destacou dez centímetros para fora. Então o pânico tomou conta dos Yeehats, e eles fugiram aterrorizados para a floresta, proclamando enquanto fugiam o advento do Espírito Maligno.

---

[4] Os yeehats são uma tribo indígena ficcional, criada por Jack London e aparecem apenas nesta obra como vilões da narrativa (N.T.).

E realmente Buck era a encarnação do Demônio, furioso em seus calcanhares e arrastando-os para baixo como cervos enquanto corriam por entre as árvores. Foi um dia fatídico para os Yeehats. Eles se espalharam por todo o campo, e somente uma semana depois foi que o último dos sobreviventes se reuniu ao grupo, em um vale mais baixo, e puderam contar suas perdas. Quanto a Buck, cansado da perseguição, voltou ao acampamento desolado. Ele encontrou Pete onde havia sido morto de surpresa, no primeiro momento, ainda em seus cobertores. A luta desesperada de Thornton estava escrita nos rastros da terra, e Buck cheirou cada detalhe dela até a beira de um reservatório profundo. Junto à beirada, com a cabeça e os pés na água, estava Skeet, fiel até o fim. O próprio reservatório, lamacento e descolorido pela lavagem das caixas de mineração, efetivamente escondia o que continha, e guardava John Thornton; pois Buck seguiu seu rastro até a água, da qual nenhum rastro o conduzia para fora.

Durante todo o dia Buck meditou na margem ou vagou inquieto pelo acampamento. A morte, como uma cessação dos movimentos, como um desmaio e uma passagem para longe da vida, ele conhecia bem, e sabia que John Thornton estava morto. Isso deixou um grande vazio nele, algo semelhante à fome, mas um vazio que doía sem parar, e que a comida não conseguia preencher. Às vezes, quando parava para contemplar as carcaças dos Yeehats, ele esquecia a dor; e nessas ocasiões sentia um grande orgulho de si mesmo, um orgulho maior do que qualquer outro que já experimentara. Ele havia matado homens, o jogo mais nobre de todos, e havia matado em nome da lei do porrete e das presas. Cheirava os corpos com curiosidade. Eles morreram tão facilmente. Era mais difícil matar um cachorro husky do que homens, que não eram páreo para nada, não fosse por suas flechas, lanças e porretes. Dali em diante ele não os temeria mais, exceto quando carregassem nas mãos suas flechas, lanças e porretes.

A noite chegou, e uma lua cheia se ergueu sobre as árvores no céu, iluminando a terra até ficar banhada por um dia fantasmagórico. E com a chegada da noite, meditando e lamentando à beira do reservatório, Buck despertou para a sensação da nova vida na floresta, diferente daquela que os Yeehats representavam. Ele se levantou, ouvindo e farejando. De muito longe veio um uivo fraco e agudo, seguido por um coro de uivos agudos semelhantes. Conforme os minutos passavam, os gritos ficavam mais próximos e mais altos. Mais uma vez, Buck os reconheceu como coisas ouvidas naquele outro mundo que persistiam em sua memória. Ele caminhou até o centro do espaço aberto e ouviu. Era o chamado, aquele chamado tão familiar, soando mais atraente e convincente do que nunca. E como nunca, ele estava pronto para obedecer. John Thornton estava morto. O último laço estava rompido com o homem, e os seus comandos não mais o prendiam.

Caçando suas presas vivas, como os Yeehats haviam caçado, no encalço dos alces migratórios, a matilha de lobos finalmente cruzou a terra de riachos e árvores e invadiu o vale de Buck. Na clareira onde o luar fluía, eles se derramaram em uma inundação prateada; e no centro da clareira estava Buck, imóvel como uma estátua, esperando sua chegada. Eles o olhavam maravilhados, tão imóvel e grande quando se levantou, e um momento de pausa se fez, até que o mais ousado saltou direto para cima dele. Como um raio, Buck atacou, quebrando-lhe o pescoço. Então ele se levantou, parou sem movimento, como antes, o lobo ferido rolando em agonia atrás dele. Outros três tentaram em rápida sucessão; e um após o outro eles recuaram, escorrendo sangue de gargantas ou ombros cortados.

Isso foi suficiente para arremessar toda a matilha avante, desordenada, amontoada, bloqueada e confusa por sua ânsia de derrubar a presa. A incrível rapidez e agilidade de Buck o mantiveram firme. Girando sobre as patas traseiras, estalando e cortando, ele estava em todos os lugares ao mesmo tempo, apresentando um leque de golpes que pareciam ininterruptos, com tanta rapidez que ele girava e se protegia de um lado para o outro. Mas, para evitar que chegassem por trás dele, foi forçado a recuar, passando pelo reservatório, e entrando no leito do riacho, até que se chocou contra um banco alto de cascalho. Ele trabalhou em um ângulo reto na margem que os homens haviam construído durante a mineração, e nesse ângulo ele veio para a baía, protegido por três lados e sem nada para fazer a não ser encarar a matilha.

E ele enfrentou a tarefa tão bem que, ao fim de meia hora, os lobos recuaram, desconcertados. As línguas de todos estavam para fora e penduradas, as presas brancas parecendo cruelmente mais brancas ao luar. Alguns estavam deitados com a cabeça erguida e as orelhas levantadas para a frente; outros ficaram de pé, olhando para ele; e outros ainda bebiam água do reservatório. Um lobo, comprido, magro e grisalho, avançou com cautela, de maneira amistosa, e Buck reconheceu o irmão selvagem com quem havia fugido por uma noite e um dia. Ele gemia baixinho e, enquanto Buck gemia, eles tocavam os narizes.

Então um lobo velho, magro e com cicatrizes de batalha, avançou. Buck contorceu os lábios na preliminar de um rosnado, mas farejou o nariz junto com o dele. Então o velho lobo se sentou, apontou o focinho para a lua e soltou o uivo comprido. Os outros se sentaram e uivaram. E então o chamado chegou para Buck com nuances inconfundíveis. Ele também se sentou e uivou. Terminado isso, saiu de sua posição e a matilha se aglomerou ao seu redor, farejando de maneira meio amigável, meio selvagem. Os líderes levantaram o grito da matilha e correram para a floresta. Os lobos balançaram atrás, gritando em coro. E Buck correu com eles, lado a lado com o irmão selvagem, gritando enquanto corria.

E aqui pode muito bem terminar a história de Buck. Não havia passado muitos anos quando os Yeehats notaram uma mudança na raça dos lobos canadenses; pois alguns eram vistos com manchas marrons na cabeça e no focinho, e com uma fenda branca no centro do peito. Porém, mais notável do que isso, os Yeehats falavam de um Cão Fantasma que corria à frente da matilha. Eles temem esse Cão Fantasma, pois ele tem astúcia maior do que a deles, roubando seus acampamentos em invernos rigorosos, desfazendo suas armadilhas, matando seus cães e desafiando seus mais bravos caçadores.

Não, a história fica pior. Há caçadores que não voltam ao acampamento, e há caçadores que são encontrados pelos membros de sua tribo com gargantas cruelmente cortadas e com pegadas de lobo ao redor deles na neve, maiores do que as de qualquer lobo. A cada outono, quando os Yeehats seguem o movimento dos alces, há um certo vale no qual eles nunca entram. E há mulheres que ficam tristes quando se espalha a notícia de como o Espírito do Mal veio para escolher aquele vale para sua morada.

No verão, há um visitante, entretanto, para aquele vale, que os Yeehats não conhecem. É um grande lobo com uma cobertura gloriosa, semelhante, porém diferente de todos os outros lobos. Ele atravessa sozinho a área de árvores sorridente e desce para um espaço aberto entre elas. Ali, um riacho amarelo flui de sacos de pele de alce apodrecidos e afunda no solo, com grama alta crescendo sobre ele e bolor vegetal inundando-o e escondendo seu amarelo da luz do sol; e ali ele medita por um tempo, uivando uma vez, longa e tristemente, antes de partir.

Mas ele nem sempre está sozinho. Quando as longas noites de inverno chegam e os lobos seguem suas presas para os vales mais baixos, ele pode ser visto correndo à frente da matilha através do luar pálido ou da aurora boreal cintilante, saltando gigantesco diante de seus companheiros, sua grande garganta rugindo quando ele canta uma canção do mundo primitivo, a canção da matilha.